FOLIO SCIENCE-FICTION

André-François Ruaud

Cartographie du merveilleux

Guide de lecture

Fantasy

Sous la direction de Sébastien Guillot

INÉDIT

Denoël

Né en 1963, André-François Ruaud est, parallèlement à sa profession de libraire de bandes dessinées, le fondateur de *Yellow Submarine*, doyenne actuelle des revues françaises consacrées à la science-fiction. Directeur littéraire aux Éditions Orion, anthologiste talentueux, critique littéraire, nouvelliste reconnu, il fait partie des figures éminentes d'un genre qu'il s'emploie à promouvoir et à décloisonner. Son premier roman, *Des ombres sous la pluie*, a été publié aux Éditions Bifrost / Étoiles Vives.

Fantasy

Cartographie du merveilleux

L'imaginaire populaire s'est toujours exprimé par le biais de la légende, comme si l'esprit humain avait besoin du filtre du fantastique pour mieux appréhender la réalité. Solidement enraciné dans ce matériau et y puisant la majeure partie de son inspiration, un vaste champ littéraire s'est développé dans cette tradition, que les commentateurs anglo-saxons nomment aujourd'hui la *fantasy*. « Merveilleux », « fantastique épique », « réalisme magique », « *heroic fantasy* », « médiéval fantastique » : nombreux sont, en France, les termes forgés pour tenter de cerner ce qui apparaît selon les cas comme un genre, un traitement, une ambiance ou une étiquette commerciale… Aucun de ces termes n'étant réellement convaincant, nous nous contenterons ici du vocable anglais *fantasy*.

Mais la dénomination de cette littérature n'est pas le seul point problématique. Car « *la* fantasy *couvre un large champ de la littérature classique et contemporaine, celui qui contient des éléments magiques, fabuleux ou surréalistes, depuis les romans situés dans des mondes imaginaires, avec des racines dans les contes populaires et la mythologie, jusqu'aux histoires contemporaines de réalisme magique, où les éléments de* fantasy *sont utilisés comme des mécanismes métaphoriques pour mettre en lumière le monde que nous connaissons*[1] ».

Qu'il me soit cependant permis d'avancer une esquisse de définition, avant de vous inviter à m'accompagner dans cette exploration — cette petite phrase sera notre seule boussole : la *fantasy* est une littérature fantastique incorporant dans son récit un élément d'irrationnel qui n'est pas traité seulement de manière horrifique, présente généralement un aspect mythique et est souvent incarné par l'irruption ou l'utilisation de la magie.

1) Origines lointaines

Rechercher les racines de la *fantasy* implique nécessairement d'évoquer les anciennes mythologies. Utilisées par les Anciens pour comprendre le monde et s'interroger sur leur place en

1. Terri Windling, *in* préface à *The Year's Best Fantasy and Horror*, volume 4, 1991.

son sein, elles vont lentement évoluer de l'édifiant au divertissant, tout en continuant de jouer sur des symboles admis de tous. Les premiers grands récits partaient généralement d'une commémoration historique qui, transmise de manière orale, s'enrichissait au fil du temps. C'est ainsi que le récit de la guerre de Troie a abouti aux deux épopées d'Homère, l'*Iliade* et l'*Odyssée*, ou que la vie des grands hommes s'est faite légende (qu'il s'agisse de l'épopée babylonienne de *Gilgamesh* ou des sagas islandaises, par exemple). La religion antique ayant perdu de son influence, auteurs grecs et latins vont se mettre à rédiger des récits de pur divertissement, souvent fantastiques (l'*Énéide* de Virgile, les *Métamorphoses* d'Ovide). Littérature et *fantasy* viennent de naître.

De grands cycles d'histoires concernant des héros devenus légendaires continueront à circuler au Moyen Âge : *Beowulf*, premier poème épique anglo-saxon, *La Chanson d'Alexandre* (commémorant les exploits d'Alexandre le Grand) ou *La Chanson de Roland* (glorifiant ceux des compagnons de Charlemagne)…

La Matière de Bretagne

Au XIIe siècle, Geoffroi de Monmouth publie son *Histoire des rois de Bretagne (Historia Regum Britanniæ*, vers 1135), retraçant l'existence des grands monarques anglais — parmi lesquels un certain roi Arthur. Cette nouvelle légende rencontre un succès immédiat : passant de l'archipel britannique au royaume des Plantagenêt, elle apparaît parfaitement adaptée au contexte politique de l'époque et idéale comme nouveau matériau pour les écrivains. Premier à œuvrer dans le tout nouveau domaine du « roman », Robert Wace transpose la légende sous forme écrite dans *Le Roman de Brut* (vers 1155). Marie de France, dont on ne sait presque rien, pas même s'il s'agissait bien d'une femme ou d'un unique écrivain, rédige le matériau en vers : *Les Lais de Marie de France* (vers 1170). Aux alentours de 1180, Chrétien de Troyes entame ce qui constituera véritablement le premier grand cycle arthurien en littérature. Au travers d'un riche tissu d'aventures fantastiques et d'intrigues de cour, ses romans illustrent les idéaux socio-politiques du régime Plantagenêt : un âge d'or féodal, à l'opposé du centralisme capétien. Chrétien de Troyes n'achève pas son *Perceval*, non plus que son *Lancelot*, invitant par conséquent des continuateurs à faire preuve d'imagination tout au long des XIIe et XIIIe siècles — citons Robert de Boron, Wauchier de Denain, Geoffroy de Lagny, Manessier, Gerber de Montreuil, Gottfried von Strassburg et Wolfram von Eschenbach (*Parzival*). Chacun de ces auteurs enrichit de divers éléments ce que l'on nomme la « Matière de Bretagne » : Uther, la

Table ronde, Lancelot, le rôle de mentor de Merlin, l'épée dans le roc, Tristan et Yseult, Perceval, la fontaine de Barenton, Vortigern et les dragons, etc. Deux siècles plus tard, l'Anglais Thomas Malory compilera toute cette matière légendaire devenue fameuse dans une œuvre refondatrice, *Le Morte d'Arthur**[1] (1485 — *Le Roi Arthur et les chevaliers de la Table ronde*).

Des voyages étranges

À la fin du XIIIe siècle, suite aux Croisades, les *travelogues* (récits de voyages) deviennent populaires. Prétendant décrire des pays étrangers, ils dérivent fréquemment dans l'invention fabuleuse. L'un des plus fameux, les *Voiages et observations du Sr Jean de Mandeville (The Voiage and Travayle of Syr John Maundeville, Knight*, généralement attribué à Jean de Mandeville), servira de source pour maintes cartes, légendes et spéculations. Au XIVe siècle, ces impostures littéraires seront satirisées par François Rabelais, prêtre, chirurgien et érudit. Dans *Pantagruel* (1532) et *Gargantua* (1534), il utilise la vie en Touraine d'une royale famille de géants comme base d'une série d'histoires combinant

1. Les œuvres suivies d'un appel par astérisque sont présentées et commentées dans le choix de lectures proposé plus loin p. 99 et suiv.

merveilleux, farce politique, réflexions philosophiques et humour bachique. Dans les volumes suivants, *Le Tiers Livre* (1546), *Le Quart Livre* (1552) et *Le Cinquième Livre* (1564), il lance ses héros dans de longues quêtes comiques.

Héritage arthurien, la tradition des quêtes perdurera dans les romans et, d'une certaine manière, dégénérera sous les formes du « roman galant » (idylles aristocratiques) et du « roman pastoral » (idylles campagnardes). Ces quêtes amoureuses situées dans des contrées souvent imaginaires se développeront de manière durable, depuis le *Roman de la Rose* (commencé par Guillaume de Lorris au début du XIIIe siècle, terminé par Jean de Meung au XIVe siècle) jusqu'à *L'Astrée* (1607-1628) d'Honoré d'Urfé. Après avoir sacrifié au genre avec sa *Galathée* (1585), Cervantès prendra le parti d'en rire dans son *Don Quichotte* (1605).

2) Du XVIIe au XIXe siècle : les contes de fées

L'heure des contes

La mode des contes de fées éclôt en France à la fin du XVIIe siècle. Ses pratiquantes les plus connues sont Mme d'Aulnoy (1650-1705) avec

L'oiseau bleu, et Mme Leprince de Beaumont (1711-1780) avec *La Belle et la Bête*. Ces histoires polies et conformistes sont réunies en anthologie aux alentours de 1785, dans *Le Cabinet des fées*. Aujourd'hui partiellement réédités chez Picquier, ces recueils permettront aux meilleurs récits de l'époque d'enrichir durablement notre imaginaire.

Charles Perrault collecte dans ses *Contes de ma mère l'Oye* (1697) les récits transmis par la tradition orale, qu'il transforme en contes susceptibles de distraire la Cour : *La Belle au bois dormant, Le Petit Chaperon rouge* ou *Cendrillon*, par exemple. La démarche n'est pas nouvelle (quelques auteurs italiens l'avaient précédé dans cette voie vers la fin du XVIe siècle et au début du XVIIe, tels que Giovanni Straparola et Giambattista Basile), mais le succès de Perrault est sans précédent. Il fera des émules célèbres, plus d'un siècle plus tard : en Allemagne les frères Grimm (première parution des *Contes de Grimm* en 1812), au Danemark Hans-Christian Andersen (qui publiera entre 1835 et 1872 des *Contes* originaux, plus cruels que ceux de ses prédécesseurs). Issus d'un snobisme passager, les contes de fées s'imposent pourtant de manière durable et quasi universelle[1].

1. Innombrables sont les études savantes qui furent consacrées aux contes de fées. Dans ce foisonnement, je conseille les livres

Une idée du romantisme

La collecte de contes traditionnels par les frères Grimm trouvera une forte résonance dans le nationalisme allemand et constituera l'une des racines du mouvement romantique. Le romantisme français sera à son tour très influencé par ses origines allemandes, et l'écriture d'histoires de *fantasy* et de fantastique se poursuivra de manière sporadique au fil du XIXe siècle (avec Charles Nodier, George Sand, Victor Hugo, Alexandre Dumas, jusqu'à Théophile Gautier ou Honoré de Balzac). Après les feux du XIXe siècle, hélas, les éléments de *fantasy* disparaissent presque totalement de la production littéraire francophone. Maurice Maeterlinck pour le théâtre (*L'oiseau bleu* [1908]), Marcel Aymé pour la nouvelle et le roman (*La Vouivre* [1945]), seront parmi les très rares auteurs à encore approcher les franges du genre avant la fin du XXe siècle.

du spécialiste américain Jack David Zipes, toujours très accessibles. Lire en particulier : en français, *Les contes de fées et l'art de la subversion* (1986) ; en anglais, *Happily Ever After : Fairy Tales, Children, and the Culture Industry* (1997).

Une enfance anglaise

Parallèlement à son influence purement littéraire, le conte de fées marquera fortement l'imaginaire populaire : très vite publiés sous forme de livrets peu coûteux, traduits et diffusés dans la plus grande partie de l'Europe, les récits de Perrault ou de Mme d'Aulnoy reprendront dans l'imaginaire collectif leur place de toujours — celui de contes transmis oralement, appropriés par chacun, transformés, réinventés... Ils trouveront un terreau particulièrement fertile dans l'archipel britannique, terre de légendes s'il en fut. Ils s'y transformeront notamment en *nursery rhymes* (des comptines traditionnelles en vers, connues de tous les enfants) — le plus souvent sous la forme de recueils signés « Mother Goose » (nom inspiré de la Mère l'Oie de Perrault), un patronyme qui cache en fait toute une équipe d'auteurs. Les contes de fées feront florès dans l'Angleterre du XIXe siècle — nombreux sont les jeunes Anglais élevés dans la lecture des *Blue* / *Purple* / etc. *Fairy Books* (anthologies victoriennes de contes de fées) ou des *Tales from Shakespeare* de Charles & Mary Lamb (1807 — recueil de nouvelles relatant les principales pièces de Shakespeare sous une forme adaptée aux enfants), qui leur communiquent le goût de l'exotisme et de la magie.

John Ruskin publie en 1850 le conte *King of the Golden River*. Ce grand patron des arts se fait le défenseur du conte de fées et encourage ses amis à écrire des fictions pour enfants débarrassées du moralisme qui étouffe le genre. William Makepeace Thackeray publie *La Rose et la Bague* (*The Rose and the Ring*) en 1855. Oscar Wilde écrit des contes de fées à l'ironie cynique, délicieusement subversive sous son vernis chrétien. Son premier recueil, *The Happy Prince*, paraît en 1888. Chaque auteur s'empare des contes de fées et en donne une version personnelle. « *L'aspect le plus fascinant des contes de fées est qu'il y a du vrai dans toutes ces visions différentes. On peut interpréter les vieux contes de multiples façons : allégorie ou métaphore, art ou simple distraction. Aucune déconstruction d'un conte de fées n'est seule "correcte", aucune version d'une histoire n'est seule "authentique". Les vieilles histoires existent sous une myriade de formes, changeant et s'adaptant d'une culture à l'autre, d'une génération à l'autre. Comme les sorciers qui rôdent dans les forêts magiques, les contes eux-mêmes sont des "changeformes" : fuyants, mystérieux, malléables, capables de revêtir des aspects très variés. C'est là que réside le cœur de leur puissance, la force de leur longévité. C'est aussi ce qui en fait des outils si précieux pour l'écrivain moderne de fiction fantastique*[1]. »

3) Du XIXe au début du XXe siècle : l'émergence britannique

Perdue de vue en France où elle avait acquis ses lettres de noblesse, la matière légendaire ne s'éteindra jamais de l'autre côté de la Manche[2]. Des siècles durant, la Matière de Bretagne se mêlera aux mythes gallois et irlandais pour prospérer. À son heure, Shakespeare saura parer les traditions populaires d'une aura de classicisme, en les dotant de décors empruntés à l'Antiquité : ainsi Oberon et Titania du *Songe d'une nuit d'été* (1595) sont-ils grecs. La présence d'éléments fantastiques dans d'autres pièces, dont ils rehaussent le caractère dramatique (*Hamlet*, *Macbeth* ou l'autre grande pièce « magique » de Shakespeare, *La Tempête*), fera beaucoup pour l'honorabilité du genre, et servira de point

1. Terri Windling, « La quête du héros », in *Yellow Submarine*, n° 129 (*Les sentiers de la Faërie*), Bifrost/Étoiles Vives, 1999.

2. Il est vrai que la langue anglaise trouve ses racines dans le fantastique : la première œuvre écrite en langue saxonne n'est-elle pas un poème épique ? Remontant peut-être au VIIIe siècle, *Beowulf* conte les exploits d'un prince danois armé d'une épée magique contre le terrible monstre Grendel et sa redoutable mère.

d'ancrage à une tradition fantastique anglophone particulièrement vivace.

Fantaisies victoriennes

Si le romantisme allemand, qui touche l'Angleterre au début du XIXe siècle, oriente le goût du public vers le fantastique gothique, l'ère victorienne permettra l'avènement d'un fantastique plus aimable et policé, propice au retour en force de la *fantasy*.

C'est ainsi que le prolifique écrivain Charles Kingsley se tourne vers le monde de l'enfance avec *The Water Babies*. Publié en 1863, c'est-à-dire peu après les travaux de Charles Darwin, ce roman trouve le moyen d'incorporer à la fois la théorie de l'évolution, des considérations d'ordre métaphysique, une conscience sociale et une imagerie de conte de fées des plus puissantes. S'étant noyé dans la rivière où il essayait de se laver, le jeune ramoneur Tom est transfiguré en bébé d'eau. S'ensuit une série d'aventures magiques et de découvertes des beautés de la nature. En dépit de son message moral, *The Water Babies* est une œuvre plus intéressée à distraire son lecteur qu'à l'éduquer — elle demeure par conséquent parfaitement agréable à lire aujourd'hui.

L'écrivain de *fantasy* le plus notable de l'ère victorienne est sans doute l'Écossais George

MacDonald : ses fantaisies allégoriques *Phantastes* (1858) et *Lilith* (1895), où les voyageurs passent d'un univers à un autre, sont considérées par la critique spécialisée comme les tout premiers romans de *fantasy* pour adultes. MacDonald écrit aussi de nombreux contes de fées (le plus célèbre étant *The Golden Key*, 1867) : les *Fairy Tales of George MacDonald*, qui feront l'objet de cinq volumes en 1904. Par ailleurs, MacDonald est aussi le premier auteur à concevoir des « mondes secondaires » (pays différents de notre réalité, autonomes et magiques). Déclarer qu'il est le véritable inventeur du roman de *fantasy* moderne ne semble pas exagéré. En trois romans pour la jeunesse, MacDonald cristallise les bases du genre. *At the Back of the North Wind* (1871), *La Princesse et le Gobelin* (*The Princess and the Goblin*, 1872) et *The Princess and Curdie* (1883) projettent des enfants dans des mondes plus ou moins médiévaux, peuplés de créatures de contes de fées, tissés de motifs mythologiques et d'imageries oniriques. Ces œuvres délicieuses, quoiqu'un peu moralisatrices, sont toujours lues avec amour en Grande-Bretagne.

Encouragé par son ami MacDonald, le mathématicien Charles L. Dodgson tente sa chance : il soumet à l'éditeur de Kingsley le manuscrit d'*Alice au Pays des merveilles** (*Alice in Wonderland*). Le roman sort en 1865, suivi par *De* *l'autre côté du miroir* (*Through the Looking Glass*) en 1871, tous deux signés d'un pseudonyme désormais devenu célèbre : Lewis Carroll. Ces aventures fantastiques volontiers bouffonnes, mélange original de parodie, de logique tordue et de cheminements oniriques, connaissent un immense succès. Elles ont aussi le mérite de soulever la chape moraliste qui pesait jusqu'alors sur la littérature pour enfants[1]. Le mouvement connaîtra une longue existence, soutenue dès le tournant du siècle par les progrès de l'imprimerie. En permettant aux illustrateurs de donner plus d'ampleur à leur talent, ces progrès détermineront également une synergie renouvelée entre texte et image (ainsi les illustrations de John Tenniel pour Lewis Carroll font-elles désormais partie intégrante du mythe d'Alice).

William Morris écrit des romans qui s'inscrivent dans cette même mouvance du merveilleux : *The House of the Wolflings* (1889), *The Roots of the Mountains* (1890), *The Story of the Glittering Plain* (1890), *The Well at the World's End* (1896). Ces récits d'aventures illustrent la volonté du mouvement préraphaélite[2] de remettre au

1. Au sujet de l'évolution de la littérature enfantine anglaise, le lecteur curieux (et anglophone) lira avec intérêt l'anthologie *The Oxford Book of Children's Stories* de Jan Mark (1993).

2. Le préraphaélisme est un mouvement artistique né en Grande-Bretagne au milieu du XIXe siècle en réaction contre l'arti-

goût du jour les idéaux de la chevalerie et le symbolisme médiéval. Ce souci de pureté retrouvée, surtout exploré par les préraphaélites dans la peinture et les arts décoratifs, trouve d'autres échos dans la littérature : Alfred Lord Tennyson, poète lauréat de la Cour, narre les *Idylles des rois* (1859) et divers poèmes mettant en scène personnages arthuriens et légendaires (*The Lady of Shalott* [1832]).

Né à Bombay, Rudyard Kipling témoigne de l'élargissement de l'Empire britannique à de lointaines et exotiques contrées dans *Le Livre de la jungle* (*The Jungle Book*, 1894) et *Le Second Livre de la jungle* (*The Second Jungle Book*, 1895). Particulièrement mémorable demeure la création de Mowgli, un petit d'homme élevé par une panthère et un ours au cœur de la jungle indienne : un nouveau mythe est né. Passablement éclipsées par l'histoire de Mowgli, les autres nouvelles du *Livre de la jungle* sont pourtant tout aussi passionnantes. Au passage, elles établissent un sous-genre de la *fantasy* qui demeu-

fice des arts académiques de l'époque. Prenant comme modèles les primitifs italiens antérieurs à Raphaël, le mouvement souhaitait un retour à un style réaliste et à des thèmes moraux. Fondé en 1848 par W. H. Hunt, J. E. Millais et D. G. Rossetti, le mouvement fut refondé en 1850 par Rossetti, William Morris et Edward Burne, avec des aspirations évoluant davantage vers un lyrisme poétique et une conception idéalisée du Moyen Âge.

rera particulièrement cher au cœur des Anglais : la *fantasy* animalière (histoires où les bêtes parlent et agissent d'une manière se situant à mi-chemin entre l'homme et l'animal).

Maturité édouardienne

Les mœurs évoluent, les lettres aussi. La *fantasy* s'installe définitivement dans le paysage littéraire. Débarrassé du carcan de la religion et de la morale, le genre s'épanouit dans des œuvres où humour, poésie et liberté d'imagination font merveille. La meilleure preuve de cette maturité nouvellement acquise se trouve dans l'épreuve du temps : les romans de *fantasy* de l'ère édouardienne sont encore aujourd'hui d'une surprenante modernité[1]. Les peintres et illustrateurs de la période demeurent également des références : Aubrey Beardsley, Edmond Dulac, Arthur Rackham, Richard Dadd, etc.

L'autrice socialiste Edith Nesbit laisse éclater son talent dans une série d'aventures féeriques pour adolescents (*Five Children and It* [1902], *The Phœnix and the Carpet* [1904], *L'histoire de l'amulette* [*The Story of the Amulet*, 1906], etc.). Le dramaturge James M. Barrie émeut l'Angle-

1. Sur la littérature enfantine anglo-saxonne et ses aspects subversifs, lire *Ne le dites pas aux grands* d'Alison Lurie (1990).

terre avec sa pièce *Peter Pan** (1904), suivie en 1906 par le roman *Peter Pan in Kensington Gardens* puis en 1911 par *Peter Pan and Wendy*. Le personnage du jeune garçon condamné par les fées à une enfance éternelle, vivant des aventures tragicomiques dans un pays imaginaire, s'imposera comme l'un des grands mythes modernes. Kenneth Grahame enrichit avec *Le vent dans les saules** (*The Wind in the Willows*, 1908) le domaine de la *fantasy* animalière. La riche excentrique Hope Mirrlees enchante ses contemporains dans *Lud-in-the-Mist* (1926). Rudyard Kipling crée avec ses *Histoires comme ça* (*Just so Stories*, 1902) une suite de contes faussement naïfs, d'étranges mythes des origines qu'il illustre lui-même. Il touche également en 1906 à la Matière de Bretagne, dans *Puck of Pook's Hill*. Deux romans de Graham K. Chesterton, *The Napoleon of Notting Hill* (1904) et, surtout, *Le nommé Jeudi* (*The Man Who Was Thursday*, 1908), préfigurent avec brio ce qui, à la fin du XXe siècle, deviendra le sous-genre de la *fantasy* urbaine — la ville vue comme un territoire où rêve et magie peuvent surgir pour bouleverser la vie quotidienne.

L'Orient fascine : le reclus Ernest Bramah s'évade par l'écriture dans ses « chinoiseries ». Le cycle de ***Kai Lung*** (cinq volumes entre 1900 et 1940, plus un sixième volume, posthume, en

1974) réinvente de toute pièce la Chine ancienne, avec une faconde et un humour délicieux. Dans un tout autre genre, Lafcadio Hearn étudie la vie du Japon. Il retranscrit des légendes japonaises avec grâce et poésie, notamment dans *Kwaidan* (1904). Leur découverte fera figure de révélation pour plusieurs générations de lecteurs occidentaux.

La carrière littéraire de Lord Dunsany, fertile et prolifique, peut être considérée comme une succession de styles — chacun d'une immense influence sur la *fantasy*. Dunsany crée d'abord une nouvelle mythologie dans *The Gods of Pegana* (1905). D'un style riche devant autant à la Bible qu'à la poésie, ces contes présentent un monde peuplé de dieux capricieux, qui influencera Merritt et Lovecraft, et qu'il fera interagir avec les humains dans *Time and the Gods* (1906 — voir aussi *Le livre des merveilles*). Ces nouvelles où se télescopent le monde magique de Pegana et le Londres édouardien préfigurent la *fantasy* urbaine, ainsi que toutes les histoires de « passage » entre notre monde et un autre que l'on verra fleurir dans la *fantasy* des années 1980. Les combats épiques de *The Sword of Welleran* (1908) préfigurent également l'ardeur des récits de *sword and sorcery* (Dunsany sera une des influences de R. E. Howard). L'interaction texte /image atteint chez Dunsany de nouveaux sommets, puisqu'il lui arrive de rédiger ses nouvelles d'après les dessins de son illustrateur, S. H. Sime.

Après la Première Guerre mondiale, Lord Dunsany se tourne vers le roman et la création de mondes imaginaires (*La fille du roi des elfes* [*The King of Elfland's Daughter*, 1924]). Leur réalisme géographique ouvre en grand la voie aux futurs « univers secondaires » de la *high fantasy*, ces pays minutieusement imaginés, sans ancrage à notre réalité (en cela Dunsany sera aussi une influence de J. R. R. Tolkien).

Finalement, dans les années 1930, il laisse libre cours à son amour de la fabulation : c'est le cycle des ***Club Stories*** de M. Jorkens, de l'agréable *fantasy* humoristique.

4) Première moitié du XXe siècle : l'éveil américain

Ancienne colonie de la Grande-Bretagne, les États-Unis ne se dégageront que progressivement de la tradition fantastique britannique. Au XIXe siècle, des auteurs souhaitent « américaniser » la littérature de leur pays. Nathaniel Hawthorne, Washington Irving, Mark Twain et Herman Melville puisent alors dans le passé des États-Unis — sans dédaigner le fantastique.

James Branch Cabell et L. Frank Baum

Premier auteur américain à véritablement se consacrer à la *fantasy*, James Branch Cabell publie entre 1904 et 1937 près d'une trentaine de volumes de sa ***Biography of the Life of Manuel***, dont le plus célèbre est *Jurgen* (1919). Cette saga relate la vie, les exploits et la descendance d'un héros, Manuel, natif d'une province française imaginaire : le Poictesme. Excentrique, généralement satirique, cette œuvre s'attire les foudres des ligues de bonne moralité : un procès pour obscénité est fait à *Jurgen* — procès gagné par Cabell en 1922 et qui lui vaut une renommée subite. Incroyablement prolifique, Cabell publiera de très nombreux ouvrages, dont une majorité de *fantasy*.

Autre grande figure de la *fantasy* américaine, à peine moins productif que Cabell, L. Frank Baum écrit le premier volume de la série d'***Oz*** en 1900 : *Le magicien d'Oz** (*The Wizard of Oz*). Le succès est phénoménal et Baum ne cessera plus guère d'écrire des romans se rattachant à cet univers, malgré son envie de se consacrer à autre chose — régulièrement, la pression populaire le conduira à se remettre à la tâche. Œuvre ayant bercé l'enfance de multiples générations d'Américains, la saga d'***Oz*** apparaît aussi comme un exemple de fructueuse collaboration auteur/

illustrateur : les dessins de John R. Neil semblent indissociables d'***Oz***.

Les pulps

Du côté de la littérature populaire, les *pulps* offrent un terreau fertile où poussent — de manière encore largement indifférenciée — *fantasy*, horreur et science-fiction. Bien qu'il ne s'agisse pas *stricto sensu* de *fantasy*, même si des éléments fantastiques y figurent souvent, il convient de citer l'œuvre d'Edgar Rice Burroughs : les aventures de *Tarzan* (débutées en 1912) imposent un nouveau héros, lointain descendant de Mowgli, qui prend vite les dimensions d'un mythe. De même, quoique aucun texte d'H. P. Lovecraft ne relève purement de la *fantasy*, s'en rapproche une bonne part des ambiances et événements de *Démons et merveilles* (*The Dream-Quest of Unknown Kadath*, 1943), œuvre très marquée par l'influence de Lord Dunsany. Le très anglophile « solitaire de Providence » idolâtre Dunsany : il assiste à une conférence de ce dernier en tournée américaine, adopte son style fleuri pour ses premières nouvelles. La volubile correspondance de Lovecraft contribue à vanter les œuvres du lord britannique auprès des amateurs de littérature fantastique. Clark Ashton Smith comme Robert E. Howard avaient lu Dunsany et Cabell ; ce n'est sans doute pas une coïncidence si leurs œuvres comportent souvent des pays imaginaires aux noms francisants — l'Averoigne de Smith, le Poitain ou l'Aquilonie de Howard. Pour poursuivre cet inventaire des maîtres des *pulps*, citons encore Abraham Merritt (*La nef d'Ishtar* [*The Ship of Ishtar*, 1924], *Les habitants du mirage* [*Dwellers in the Mirage*, 1932]) et Catherine L. Moore (*Jirel de Joiry* [*Jirel of Joiry*, 1934]).

Deux auteurs de légende :
Robert E. Howard et Fritz Leiber

Howard crée à partir de 1928, en rapide succession, une série de héros plus grands que nature. Des barbares puissants en butte à la fatalité de leur destin (***Conan**** bien sûr, mais aussi ***Solomon Kane***, le roi ***Kull, Bran Mak Morn, Red Sonja***) et qui, en dépit de la brièveté de la carrière d'Howard (il se suicide en 1936), marquent définitivement la *fantasy* puisqu'ils en définissent un des sous-genres (appelé *heroic fantasy* ou *sword and sorcery*).

Très différents sont Fafhrd et le Souricier gris, les héros animés par Fritz Leiber à partir de 1939. Deux amis, l'écrivain Fritz Leiber et son correspondant Harry Fischer, les avaient conçus pour s'amuser — un peu comme l'on créerait aujourd'hui des personnages de jeu de rôles. Le Souricier gris était calqué sur Harry, Fafhrd sur

Fritz. Voleurs, astucieux, grands guerriers et bons vivants, ce sont plutôt deux antihéros. La première nouvelle du cycle ne trouve pas preneur en 1935. Pour placer quelques histoires de Fafhrd et du Souricier gris, Leiber doit attendre l'arrivée d'un éditeur plus visionnaire, en la personne de John W. Campbell Jr. Fin 1958, l'éditrice Cele Goldsmith encouragera de manière décisive le développement du cycle, et Leiber ne cessera plus, par la suite, de revenir à ses personnages fétiches : six recueils et un roman, réunis entre 1970 et 1988, formeront le ***Cycle des épées****. Cette série « *fournissait une sorte de commentaire constant sur sa vie, cartographiant son humeur et son sort. À la fin de sa carrière,* [...] *la série n'était plus une carte, mais une évidente extension de son être : le produit magique de l'alchimie des mots ; une seconde ombre*[1] ». Leiber livre également avec *Ballet de sorcières* (1943) un des premiers exemples modernes de *fantasy* urbaine.

L'avènement du livre de poche tue progressivement les *pulps* dans les années 1940. Le style « aventures fantastiques » décline puis disparaît — au profit de la science-fiction. On note encore

1. Brian Stableford, « Créateur de la science-fiction : Fritz Leiber », in *Yellow Submarine,* n° 130 (*San Francisco ville de l'imaginaire*), Bifrost/Étoiles Vives, 2000.

quelques auteurs mineurs (L. Sprague de Camp, Fletcher Pratt), quelques romans isolés (comme *Silverlock* de John Myers Myers [1949]), mais la production américaine de *fantasy* se fait rare.

L'épanouissement du genre est proche, mais il s'élabore de l'autre côté de l'Atlantique.

5) Années 1930 à 1950 : l'âge d'or anglais

L'humoriste A. A. Milne enchante le Royaume-Uni en 1917 avec *Once on a Time*, une délirante parodie de conte de fées (à laquelle des œuvres récentes comme *The Princess Bride* [1973] de William Goldman ou *Le vin des dieux** [*One for the Morning Glory*, 1996] de John Barnes doivent certainement beaucoup). Mais c'est sous la forme inattendue des histoires de *Winnie l'ourson** (1926-1928) que Milne rencontre le succès : ces fables animalières doucement déjantées peuvent être lues aussi bien par les petits (comme nouvelles humoristiques) que par les grands (comme paraboles universelles). De plus, l'alchimie texte/image se découvre un nouveau grand représentant en la personne d'Ernest H. Shepard (qui, en plus de Winnie, devient également fameux pour son travail sur la réédition de 1931 du *Vent dans les saules**).

Dans un tout autre genre, E. R. Eddison brosse

de vastes épopées mythiques avec une prose chargée et contournée rappelant celle de William Morris. Après *The Worm Ouroboros* (1922), récit cyclique de l'affrontement entre deux royaumes légendaires, Eddison s'inspire de la légende dorée d'Élisabeth Ire pour la trilogie *Mis-tress of Mistresses* (1935), *A Fish Dinner in Memison* (1941) et *The Mezentian Gate* (1958, inachevé).

Deux géants : Mervyn Peake et T. H. White

En 1946, l'illustrateur Mervyn Peake se tourne vers l'écriture, en publiant son fameux roman *Titus d'Enfer** (*Titus Groan*), suivi par *Gormenghast* en 1950. Chronique de la vie du colossal château de Gormenghast, il s'agit des deux premiers volumes d'un cycle gothique, excentrique, souvent monstrueux, parfois grotesque. Cette œuvre impressionnante est laissée inachevée : l'auteur ne terminera jamais le troisième tome, *Titus dans les ténèbres* (*Titus Alone*, 1956), et du quatrième, *Titus Awake*, n'existent que quelques pages.

Durant la Seconde Guerre mondiale, T. H. White rédige un ouvrage fondateur de la *fantasy* arthurienne moderne. White avait déjà signé des romans policiers, des ouvrages d'érudition médiévale, des contes fantastiques et de joyeux pamphlets sur les originaux de l'Angleterre victorienne[1]. Il met cette fois ses connaissances encyclopédiques au service d'une relecture du *Morte d'Arthur** de Malory. Œuvre de longue haleine, classique désormais incontestable, ainsi se présente *The Once and Future King* (traduit en France sous le pâle titre *Excalibur**). « *De l'histoire d'Arthur, il fait une quête pour la paix. De son destin, une tragédie grecque qui commence dans la bouffonnerie et s'achève dans la nuit de l'homme de raison, face à la sauvagerie de l'espèce. Il dote les personnages masculins d'une nouvelle complexité psychologique, que domine un Merlyn souvent désopilant, et surtout : Lancelot, le "Chevalier Mal Fêt", héros en porte-à-faux*[2]. »

Le père fondateur : J. R. R. Tolkien

La stature de J. R. R. Tolkien dans le champ de la *fantasy* apparaît monumentale. Que serait la *fantasy* si Tolkien n'avait pas existé ? La réponse « totalement différente » résonne comme un doux euphémisme.

Plongeant ses lecteurs dans un « monde secondaire » (la Terre du Milieu) dont on devine

1. Sur T. H. White, lire l'article « Le romancier mal fêt » par Patrick Marcel, in *Yellow Submarine*, n° 129 (*Les sentiers de la Faërie*), Bifrost/Étoiles Vives, 1999.

2. Patrick Marcel, « La *fantasy* arpentée en bottes de sept lieues », in *Bifrost*, n° 9, juillet 1998.

déjà l'ampleur et le degré d'achèvement, *Bilbo le Hobbit* (*The Hobbit*, 1937) n'est que la première pierre d'une œuvre aux allures de monument. Au-delà de ce petit roman d'aventure pour adolescents, se profile une création littéraire majeure, à laquelle Tolkien travaille depuis longtemps. Ce sera *Le Seigneur des Anneaux** (*The Lord of the Rings*), publié en Grande-Bretagne en 1954-1955. Langues, peuples, coutumes, légendes, chansons, histoire du monde depuis sa création, cartes détaillées — Tolkien porte l'obsession démiurgique à des sommets rarement atteints avant lui. Avec une innovation plus frappante encore : un véritable récit. En effet, les « mondes secondaires » mis en scène avant Tolkien demeuraient le plus souvent dans le domaine de la fable, de la nouvelle ou de l'exploration linéaire. Le digne professeur d'Oxford apporte au genre le souffle épique des Eddas nordiques, le goût du roman, le sens du drame. Si les « mondes secondaires » préexistaient à l'œuvre de Tolkien, c'est lui qui donne sa légitimité à la création d'univers imaginaires géographiquement autonomes. De plus, dans son article « Faërie » (tiré d'une conférence de 1939 et réécrit à plusieurs reprises jusqu'en 1964), Tolkien expose ses vues sur l'existence d'une contrée fondamentale de l'imaginaire humain, qu'il baptise Faërie. De « Faërie » à « *fantasy* », le pas sera vite franchi par les éditeurs comme par les lecteurs.

Bilbo le Hobbit et le *Seigneur des Anneaux** sont les seuls récits de la Terre du Milieu publiés du vivant de Tolkien, avec le recueil de poèmes *Tom Bombadil*. Après sa mort, en revanche, c'est un véritablement bouillonnement de textes, fragments, récits inachevés, etc., qui voit le jour sous l'égide de son fils Christopher. Le plus abouti de ces textes est *Le Silmarillion* (*The Silmarillion*, 1977), recueil de cinq récits interconnectés qui couvrent l'histoire de la Terre du Milieu, de sa création par les dieux jusqu'à la période précédant le *Seigneur des Anneaux**. La douzaine de volumes publiée depuis réunit et organise le vaste matériau sur lequel J. R. R. Tolkien œuvra sa vie durant.

Après Tolkien, la *fantasy* marque le pas en Grande-Bretagne : le flambeau passe aux États-Unis. C. S. Lewis, seul auteur anglais notable des années 1950, est d'ailleurs un vieil ami de Tolkien. Déjà auteur de la trilogie de ***Perelendra***, une épopée spatiale faisant usage de motifs chrétiens, ainsi que de plusieurs romans fantastiques, Lewis se lance en 1950 dans une grande série de *fantasy* pour la jeunesse, située dans un « monde secondaire » : le cycle de ***Narnia**** (sept volumes entre 1950 et 1956), qui a depuis accédé au rang de classique dans les pays anglo-saxons.

6) Années 1960-1970 : la grande explosion

Le *Seigneur des Anneaux** est publié en Grande-Bretagne en 1954-1955 mais il faut attendre l'édition américaine, en 1966, pour que l'œuvre s'impose véritablement. Avant cette publication, la *fantasy* n'est pas encore constituée en *genre* littéraire : les œuvres citées jusqu'ici relèvent d'une approche individuelle, non concertée. « *J. R. R. Tolkien changea tout cela. L'édition de poche américaine de sa trilogie du* Seigneur des Anneaux* *frappa l'industrie éditoriale avec la force d'une révélation. Au choix, elle créa ou démontra (les opinions varient) l'existence d'un public énorme pour la* fantasy. *Elle rapporta énormément d'argent. Les éditeurs, nombre d'entre eux périlleusement proches de ne pas savoir du tout ce qu'ils faisaient, se précipitèrent afin de trouver quelque chose, n'importe quoi, qui puisse combler cet appétit jusqu'à présent insoupçonné*[1]. »

L'œuvre de Tolkien apparaît donc doublement fondatrice. D'abord, elle poussa à la concrétisation d'un nouveau genre individualisé, la *fantasy*. Ensuite, elle induisit la création de la

1. Michael Swanwick, « Dans la tradition… », in *Fées & Gestes*, Bifrost/Étoiles Vives, 1998.

high fantasy[1] en général, et de la préoccupation géographique en particulier.

Deux œuvres pour la jeunesse, contemporaines de la publication du *Seigneur des Anneaux**, profitent immédiatement du nouvel engouement pour la *fantasy* : le cycle d'***Alderley Edge*** de l'Anglais Alan Garner (*The Weird Stone of Brisingamen* [1960-1963], *The Moon of Gomrath* [1963] et *Elidor* [1965]), et les ***Chroniques de Prydain**** (1964-1968) de l'Américain Lloyd Alexander. Pionnières, ces œuvres prennent place à côté du *Seigneur des Anneaux** (avec les ***Narnia**** de C. S. Lewis) comme les grandes sources de la *high fantasy* dont l'essor débute dans les années 1970.

L'impulsion éditoriale américaine : Carter, Wollheim, Del Rey

Dans la foulée du succès de Tolkien, Lin Carter crée la collection « Ballantine Adult Fantasy » (à partir de 1969). Désireux de voir la *fantasy* s'imposer comme genre littéraire indépendant, Carter fait œuvre pédagogique : il compose des

1. Ainsi nomme-t-on souvent la *fantasy* directement héritière de Tolkien, située dans des « mondes secondaires » généralement pseudo-médiévaux, surtout soucieuse de distraction et d'aventure, fréquemment bâtie sous forme de trilogie. Un sous-genre à ce point visible qu'on le confond généralement avec la *fantasy* dans son ensemble.

anthologies établissant les frontières du genre. Il publie en format de poche des auteurs classiques (introuvables à l'époque aux États-Unis) tels que George MacDonald, E. R. Eddison, Mervyn Peake, William Morris, Lord Dunsany ou Clark Ashton Smith, aux côtés de nouvelles découvertes comme Katherine Kurtz et Evangeline Walton (cette dernière avait publié *The Virgin and the Swine* en 1936, dans l'indifférence générale. Son roman ayant été réédité en 1970 par Carter — sous le titre *The Island of the Mighty* —, Walton lui donnera trois suites).

Véritable militant de la « cause » de la *fantasy*, Lin Carter multiplie les anthologies chez différents éditeurs (notamment six volumes d'un *Year's Best Fantasy* entre 1975 et 1980 chez DAW). Il écrit des essais, fort peu critiques mais importants pour l'établissement d'une conscience du genre. Carter illustre aussi sa passion en tant qu'auteur : il s'acoquine avec L. Sprague de Camp pour rendre « cohérentes » les nouvelles du héros cimmérien de Howard (en se basant sur une biographie de Conan imaginée par P. Schuyler-Miller, réécrivant les nouvelles originales et rédigeant de médiocres pastiches pour combler les « trous » désignés par Schuyler-Miller). Il aligne les cycles de ***Thongor***, du ***Great Imperium***, de ***Thoth***, du ***Gondwana***, etc. Dans tous les cas, il s'agit de *sword and sorcery* banale, hâtivement rédigée, reposant seulement sur les clichés qu'admire Carter chez E. R. Burroughs et R. E. Howard — le tout fréquemment teinté d'une volonté humoristique. Un autre auteur, beaucoup plus intéressant, bénéficie de la résurgence de Conan : Karl Edward Wagner. Son héros, Kane, est un sorcier immortel et perfide (créé dans *Darkness Weaves*, 1970), que l'on retrouve en diverses époques au fil des romans et des nouvelles. Wagner écrit une suite au ***Bran Mak Morn*** d'Howard (*Legions from the Shadows*, 1976) et un excellent roman mettant en scène Conan (*La route des rois*, 1979), et coordonne plusieurs anthologies de *sword and sorcery* tirée des *pulps* (*Echoes of Valor*). Certaines des dernières nouvelles de Wagner (qui est décédé en 1994) se situent dans un cadre contemporain et intègrent habilement Kane à un contexte d'horreur (genre de prédilection de l'auteur à la fin de sa vie). On doit aussi à Wagner une réédition en version *originale* des nouvelles de Howard. Si incroyable que cela puisse paraître, elles étaient introuvables, totalement remplacées par les « révisions » pesantes de Carter & De Camp.

Donald A. Wollheim fut un autre éditeur particulièrement influent. Le premier roman de ce que l'on nomme maintenant le ***Cycle des Épées****, *Le royaume de Lankhmar* (*The Swords of Lankhmar*) par Fritz Leiber, est publié en

1968 à son instigation. Deux recueils paraissent en même temps : *Épées et brumes* (*Swords in the Mist*) et *Épées et sorciers* (*Swords Against Wizardry*), suivis en 1970 de *Épées et démons* (*Swords and Deviltry*) et *Épées et mort* (*Swords Against Death*). Le recueil *La magie des glaces* (*Swords and Ice Magic*) paraît en 1977, et Leiber écrit un dernier roman du cycle avant de mourir : *Le crépuscule des épées* (*The Knight and Knave of Swords*, 1988). L'intérêt de Wollheim pour la *fantasy* n'est pas nouveau : profitant d'une erreur de l'éditeur anglais (qui avait omis de protéger ses droits) Wollheim fut le premier à publier *Le Seigneur des Anneaux** aux États-Unis (chez Ace, en juin 1965), avant que Ballantine ne récupère légalement les droits de Tolkien. Si Carter s'attache à découvrir le passé de la *fantasy* en rééditant des classiques, Wollheim s'occupe de l'avenir du genre : chez Ace d'abord, puis dans sa propre maison DAW Books (créée en 1972), Wollheim révèle au fil des ans des écrivains comme Marion Zimmer Bradley, C. J. Cherryh, Tanith Lee, Michael Moorcock, John Norman, Andre Norton, Jennifer Roberson, Michael Shea, Thomas Burnett Swann et Tad Williams.

L'impulsion de Judy-Lynn Del Rey apparaît tout aussi déterminante pour la constitution de la *fantasy* moderne. Directrice littéraire chez Ballantine depuis 1973, elle crée en 1977 sa propre enseigne éditoriale, Del Rey. À l'instar de Wollheim, elle découvre ou développe l'œuvre de *fantasy* de nombreux écrivains, tels que Piers Anthony, James P. Blaylock, David Eddings, Barbara Hambly, Katherine Kurtz, Barry Hughart ou Stephen Donaldson. Ce dernier auteur est sans doute le plus significatif des représentants de la *high fantasy*. Publiée entre 1977 et 1979, la première trilogie de ***Thomas l'incrédule**** se vend à des millions d'exemplaires. L'auteur y fait un usage intelligent de nombre de motifs empruntés à Tolkien, avec une approche psychanalytique et psychologique résolument moderne. Les trois volumes sont certainement un peu trop longs, le style hésite entre emphase et maladresse ; quant au personnage principal, il s'avère souvent irritant — il n'en demeure pas moins que les romans de Donaldson avaient à l'époque une fraîcheur, une nouveauté et un souffle qu'on ne saurait nier. En revanche, l'autre grand *best-seller* de l'époque, Terry Brooks, ne mérite guère que le mépris. Del Rey cherchait un successeur à Tolkien ? Qu'à cela ne tienne : Brooks produisit un pur plagiat du *Seigneur des Anneaux**. Ou faut-il parler de *remix* ? Toujours est-il que *Le glaive de Shannara* (*The Sword of Shannara*, 1977) se vendit aussi à des millions d'exemplaires… Et que Brooks exploita le filon jusqu'en 1996, tout au long de sept volumes.

Trois grandes dames : Katherine Kurtz, Patricia McKillip, Ursula Le Guin

Katherine Kurtz fait partie de la première génération d'écrivains de *fantasy* découverte après le succès du *Seigneur des Anneaux**. Elle débute le cycle des ***Derynis*** en 1970 : en Gwynedd, contrée rappelant le pays de Galles médiéval, un groupe d'humains doté de pouvoirs « psi » est persécuté par l'Église. Complots, guerres et aventures magiques se succèdent dans une ambiance de « cape et d'épée » entraînante mais assez naïve. La formule semble classique aujourd'hui — en fait, Kurtz établira dans son œuvre plusieurs paramètres de base de la *high fantasy*.

Patricia McKillip débute avec trois œuvres de *high fantasy* pour les adolescents. Son troisième roman, *La magicienne de la forêt d'Eld* (*The Forgotten Beasts of Eld*, 1974), remporte un prix World Fantasy en dépit de sa commercialisation sous l'étiquette de roman pour la jeunesse. McKillip se lance donc dans la *high fantasy* pour adultes : ce sera la trilogie du ***Riddle-Master Of Hed*** (1976-1977-1979), étonnante par son caractère à la fois très orthodoxe et… totalement dévastateur. Quoique demeurant dans des univers médiévalisants, McKillip proposera au cours des ans une *fantasy* de plus en plus sophistiquée. Trouvant leur inspiration dans la mythologie et les contes de fées, faisant preuve d'un réel souci psychologique, teintés de philosophie, des romans comme *Le livre d'Atrix Wolfe* (*The Book of Atrix Wolfe*, 1995) ou *Song of the Basilisk* (1998) constituent d'admirables sommets de lyrisme féerique.

Ursula Le Guin entame en 1968 un cycle dont le souffle a la puissance des mythes primordiaux : ***Terremer****. La trilogie d'origine propulse Le Guin au-delà du succès de genre.

Deux outsiders *:*
Poul Anderson et Peter S. Beagle

Tout au long de sa prolifique carrière, le grand écrivain de science-fiction Poul Anderson livrera régulièrement des romans de *fantasy*, sans jamais se soucier de la mode et de l'état du marché. *The Broken Sword* (1954) est le récit haut en couleurs d'une guerre opposant elfes et trolls dans une Angleterre du haut Moyen Âge habitée par toutes les créatures des légendes celtes. *Trois cœurs trois lions* (*Three Hearts and Three Lions*, 1961) conte l'odyssée d'un chevalier carolingien entre notre monde et le royaume de Faërie. *Hrolf Kraki* (*Hrolf Kraki's Saga*, 1973) retranscrit une saga scandinave, pleine de bruit et de fureur. *Tempête d'une nuit d'été* (*A Midsummer's Tempest*, 1974) est une fantaisie décrivant un univers où la matière des pièces magiques de Shakespeare est réelle (une technologie parallèle y existe — préfigurant le sous-genre du *steampunk*, présenté plus loin). *Le dernier chant des sirènes* (*The Merman's Children*, 1979) est sans doute le roman d'Anderson relevant le plus directement de la *fantasy* : pas de jeu sur les univers parallèles, pas d'humour décalé, mais un souffle lyrique au service d'un puissant sentiment de nostalgie. *Le dernier chant des sirènes* se présente comme un requiem pour un monde sur le point de disparaître (celui des créatures mythiques qui partageaient autrefois la Terre avec les hommes). Écrivant en collaboration avec son épouse Karen, Poul Anderson donne entre 1986 et 1988 la série ***King of Ys****, somptueuse réécriture d'une légende bretonne.

Peter S. Beagle n'a que peu publié mais la qualité de ses fictions l'a imposé comme l'un des grands de la *fantasy*. Dans *A Fine and Private Place* (1960) un homme vit reclus dans un cimetière en plein cœur du Bronx, seulement alimenté (en nourriture et en ragots) par un corbeau doté de la parole. Cette fable sur la mort et son acceptation s'avère profondément marquante, grâce à ses demi-teintes subtiles. Dans *La dernière licorne* (*The Last Unicorn*, 1968), une créature de légende cherche à comprendre où ont disparu les siens. Capricieux, souvent drôle, parfois touchant, ce chef-d'œuvre cache des profondeurs insoupçonnées. La novella *Lila the Werewolf* (1969) préfigure les charmes sombres de la *fantasy* urbaine à la manière de Charles de Lint, et n'est qu'un exemple de l'incroyable talent de Beagle pour tisser en peu de mots des histoires particulièrement puissantes, peuplées de personnages attachants. En témoigne amplement le double recueil *La dernière chanson de Sirit Byar* et *Le magicien de Karakosk* (*Giant Bones*, 1997). *The Folk of the Air* (1986) est un autre récit de *fantasy* urbaine très attachant, *The Innkeeper's Song** (1993) une incroyable fable qui parvient à couvrir le champ presque entier de la *fantasy*. Derniers livres de Beagle en date, le roman *Tamsin** (1999) et la novella *A Dance for Emilia* (2000) s'imposent comme de nouveaux tours de force, entre *ghost story*[1] traditionnelle et *fantasy* contemporaine. La voix de Beagle est à nulle autre pareille : un humour léger, une gravité jamais écrasante, un souci constant de l'humain et la thématique récurrente des rapports avec la mort font partie de son registre habituel.

La révolution psychédélique

En Angleterre, la *fantasy* s'est développée de façon plus baroque et plus surprenante qu'aux

1. Littéralement, « histoire de fantôme » : un sous-genre du fantastique particulièrement à la mode à l'époque victorienne et édouardienne, dans lequel s'illustra en particulier l'écrivain britannique M. R. James.

États-Unis. Après une insipide trilogie de commande (décalque des ***John Carter*** de Burroughs), Michael Moorcock imagine en quelques nouvelles le personnage d'***Elric**** (première apparition en 1961). Cet auteur en pleine adolescence, plus inspiré par Mervyn Peake que par Tolkien, crée un véritable antihéros, retournant habilement les clichés du guerrier à l'épée magique, dans un monde baroque et chamarré qui préfigure les délires de l'époque psychédélique. Face au succès d'Elric qu'il avait eu l'imprudence de tuer trop vite (dans *Stormbringer*, en 1965), Moorcock rédige des aventures antérieures (*Elric of Melnibone*, 1973), avant de se jeter dans l'interminable et extravagante saga du ***Champion éternel*** — dont les nouveaux héros (***Corum***, ***Hawkmoon***, ***Erekösé***, ***von Bek***, etc.) sont les différentes incarnations d'un même personnage, au sein d'un « multivers » hérité des univers parallèles de la science-fiction. La traduction en 1969 au « Club du Livre d'Anticipation » d'*Elric le Nécromancien* (avec quelques illustrations de Philippe Druillet) constitue un choc majeur pour les amateurs français de « fantastique épique ». Elric restera longtemps un antidote à la déferlante des rejetons dégénérés de Conan, qui écraseront le genre durant quelques années.

Pour sa part, M. John Harrison explore l'étrange cité de Viriconium : partant d'une *sword and sorcery* classique (*La cité pastel — Pastel*

City — 1971), cette série (trois romans et un recueil) évolue ensuite, de dérèglements chronologiques en glissements de point de vue, vers une œuvre ambitieuse et ambiguë, très exigeante.

Il est vrai qu'en Angleterre, l'influence stylistique contestataire du magazine *New Worlds* déborde dans la *fantasy* grâce à des auteurs polyvalents, dont Moorcock lui-même qui s'impose comme chef de file du mouvement (il est le rédacteur en chef de *New Worlds*). Alors que les États-Unis alignent des théories de nobles sauvages, l'Angleterre s'amuse avec des idées plus déliquescentes. Moorcock pervertit les limites du genre en écrivant des versions qui relèvent de la science-fiction de son mythe du Champion, il ravive une tradition gothique anglaise subtilement vénéneuse dans l'époustouflant *Gloriana* (1978), il brouille les frontières temporelles et celles des genres. Voulant « organiser » l'œuvre de Moorcock, l'*Encyclopedia of Fantasy* de John Clute (1997) tente de la diviser en *sword and sorcery*, *commedia* et « autres œuvres » — en fait, Moorcock n'est classable que sous son propre nom et seul l'adjectif « baroque » peut lui rendre un peu justice. Foisonnante, tentaculaire, inclassable, l'œuvre de Michael Moorcock fait de nos jours l'objet d'une intégrale (rééditions retravaillées) des deux côtés de l'Atlantique. Une vingtaine de gros volumes ont déjà vu le jour. Malgré les efforts d'une maison comme l'Atalante, la France demeure très en retard dans la traduction du maître anglais.

Merci, monsieur García Márquez

Parler de la *fantasy* en tant que genre révèle forcément la domination anglo-saxonne en la matière. Mais, en dehors des étiquettes commerciales américaines et au-delà de la langue anglaise, un écrivain marqua la littérature magique : le Colombien Gabriel García Márquez. Son roman *Cien años de soledad* est publié en 1967 — et provoque une révolution des mentalités, en littérature, au moins aussi importante que celle provoquée par le *Seigneur des Anneaux**. Traduit en français en 1968 et en anglais en 1970, *Cent ans de solitude** impose une relecture magique de la réalité, une vision étonnamment *non-réaliste* et métaphorique au sein d'une « littérature générale » habituellement plutôt soucieuse de véracité et de mimétisme.

« *Le réalisme magique existe lorsque la magie fait partie de la vie quotidienne et qu'elle est si commune qu'on n'en parle même pas, elle est là, tout simplement. Elle n'est pas utilisée pour le bien ou le mal — ce qui est la préoccupation de la* high fantasy. *Dans le réalisme magique, la magie est juste présente. C'est une métaphore des merveilles qui existent dans la vie normale*[1]. »

Le terme de « réalisme magique » sera peu à peu adopté par la critique pour tenter de cerner, d'abord une bonne partie de la littérature sud-américaine (les Jorge Luis Borges, Alejo Carpentier et autres Miguel Ángel Asturias), puis toutes les œuvres non étiquetées *fantasy* mais incorporant de forts éléments mythiques. *Les enfants de minuit** de Salman Rushdie (*Midnight's Children*, 1981), *Bliss* de Peter Carey (1981), *Conte d'hiver** de Mark Helprin (*Winter Tale*, 1983), *Possession** d'A. S. Byatt (1990), *The Hereafter Gang* de Neal Barrett Jr. (1991), *La route de la faim** de Ben Okri (*The Famished Road*, 1991), *Practical Magic** d'Alice Hoffman (1995), *Red Earth and Pouring Rain** de Vikram Chandra (1995), *Martin Dressler, le roman d'un rêveur américain* de Steven Millhauser (*Martin Dressler, the Tale of an American Dreamer*, 1996), *Stigmates* de Mattotti & Piersanti (1998), sont autant d'exemples de ces livres d'une richesse transcendant les genres — et qui, pourtant, appartiennent naturellement au domaine de la *fantasy*. Bien souvent, seules des considérations éditoriales les séparent : ainsi la *Riverrun Trilogy* de S. P. Somtow (1996) fut-elle publiée « en genre » tandis que son *Jasmine*

1. Entretien avec Lisa Goldstein, in *Locus*, décembre 1991.

Nights (1994) l'avait été « hors genre ». Dans les deux cas il s'agit d'œuvres complexes et ambitieuses, subtiles et magiques — par un même auteur. De même, certains écrivains de *fantasy* glissent-ils vers une publication en littérature générale sans vraiment changer l'orientation de leur œuvre : entre *The Digging Leviathan* (1984) et *Winter Tides* (1997), James P. Blaylock est passé du statut de simple auteur de *fantasy* à celui de « meilleur des nouveaux fabulistes américains » tout en continuant son exploration des mystères et bizarreries de la Californie du Nord contemporaine. Pour sa part, Lisa Goldstein est parvenue à publier des œuvres relevant du réalisme magique en demeurant dans les collections de *fantasy* : *The Red Magician* (1982), *The Dream Years* (1985) et *Touristes* (*Tourists*, 1989) sont autant de réussites définitivement inclassables.

7) Années 1980 : l'évolution accélérée

Les *seventies* étaient des années d'éclosion : la *fantasy* cherchait encore sa voix, les « mondes secondaires » dominaient l'essenticl du tout jeune genre — qu'ils relèvent de la *sword and sorcery* à la manière d'Howard ou de la *high fantasy* façon Tolkien. Avec les *eighties* apparaît sur le marché américain une nouvelle génération d'écrivains, nourrie par la *fantasy* de la décennie précédente et désireuse d'étendre les thèmes du genre. Les auteurs commencent enfin à transcender le matériau classique développé par Tolkien. Des thèmes issus de Lovecraft ou du polar viennent se greffer à la *fantasy*. Le genre s'ouvre sur d'autres ères que le Moyen Âge — y compris l'époque contemporaine —, des individus actuels passent dans des « mondes secondaires ». Les auteurs commencent à redécouvrir les contes de fées, à importer humour, féminisme, homosexualité ou psychanalyse comme autant de motifs à variations.

Solidement campée en genre distinct sur les rayons des librairies, tenue sur le devant de la scène par de nombreux succès commerciaux, la *fantasy* acquiert durant les années 1980 une « masse critique » suffisante pour mener à bien de nombreuses missions d'exploration et conquérir de nouveaux territoires.

Trois pionnières : Elizabeth Lynn, Barbara Hambly, R. A. McAvoy

Elizabeth A. Lynn entame en 1979 les ***Chroniques de Tornor**** — une trilogie, comme d'habitude. Pourtant *La tour de guet* (*Watchtower*) capte immédiatement toutes les attentions et remporte un prix World Fantasy. Il est vrai que l'autrice n'y joue pas le jeu post-Tolkien habituel. La société qu'elle met en scène est décrite avec un réalisme et une minutie quasi ethnologiques. Ses personnages sont dépeints avec une justesse psychologique à laquelle la *fantasy* n'est pas encore habituée. Enfin, l'homosexualité et l'« écotopie[1] » n'avaient jamais encore été utilisées comme thèmes d'une œuvre de *sword and sorcery*. *Les danseurs d'Arun* (*The Dancers of Arun*, 1979) poursuit l'exploration de Tornor. *La fille du Nord* (*The Northern Girl*, 1980), situé quelques décennies plus tard, abandonne tous les schémas habituels de la *high fantasy* pour évoluer dans une grande ville, sur fond de querelles politiques et de changements sociaux (la révolution industrielle est visiblement proche). On est à mille lieues des contrées pseudo-médiévales de la production courante.

Barbara Hambly débute sa carrière avec le cycle ***Darwarth**** (1982-1983). Oui, toujours une trilogie. Mais cette fois le cycle débute… en Californie, de nos jours. Deux jeunes gens vont opérer le « passage » dans un autre monde, qu'un vieil enchanteur les charge de sauver en dépit de leur apparente impuissance. Des monstres lovecraftiens menaçant d'envahir un « monde

1. Ce terme, forgé par Ernest Callenbach en 1975, sert depuis à définir un certain type d'utopie ouverte et écologiste, souvent exploré en science-fiction : cf. *Écotopie* d'Ernest Callenbach, *Transit* de Pierre Pelot, *L'univers-ombre* de Michel Jeury, *L'an 01* et *Sept cartouches* de Gébé.

secondaire », le tout décrit avec attention tant pour les décors que pour les psychologies : encore une approche inhabituelle. Barbara Hambly ne s'endort pas sur ses lauriers : avec *The Ladies of Mandrigyn* (1984) elle entame le cycle de **Sun-Wolf**, une œuvre de *sword and sorcery* à la manière de Leiber, sombre et alerte. *Fendragon** (*Dragonsbane*, 1986) met en scène un chevalier — vieux et à lunettes — et une gente dame — grosse et maladroite — devant tuer un dragon. Les clichés de la *high fantasy* n'y sont pas tant parodiés (l'humour demeure discret) que finement gauchis. Revenant au thème du « passage », le cycle de ***Windrose*** (1986) mêle « monde secondaire » et ordinateurs — l'informatique à la rescousse du Mal Millénaire ! Autrice toujours hautement agréable (même lorsqu'elle écrit dans un cadre aussi commercial et restrictif que celui de *Star Trek* ou *Star Wars*), Hambly continuera son bonhomme de chemin sans bouleversements majeurs, oscillant entre *high fantasy* imaginative, *steampunk* vampiresque (*Le sang d'immortalité* [*Immortal Blood*, 1988] et *Promenade avec les morts* [*Walking with the Dead*, 1995]) et roman policier historique (*L'innocence de Janvier* [*A Free Man of Color*, 1997]). Son œuvre la plus excentrique est certainement *Bride of the Rat God* (1994), un suspense étonnant situé à Hollywood à l'époque du cinéma muet — un monstre rôde, et ce n'est peut-être pas une créature de carton-pâte…

Roberta A. McAvoy débute très originalement, puisque au lieu de livrer une trilogie de *high fantasy*, elle propose avec *Tea with the Black Dragon* (1983) un étrange polar californien… où un certain personnage pourrait bien être un ancien dragon chinois incarné en humain. *Tea with the Black Dragon* est semble-t-il le premier roman d'« *urban fantasy* » à sortir sous l'étiquette *fantasy* — un roman de *fantasy* sans la moindre trace de magicien ou de royaume médiéval. McAvoy écrira tout de même une trilogie : ***A Trio For Lute**** (1983-1984), mais décidément rétive aux étiquettes habituelles, elle y explore une Italie de la Renaissance où anges et magie se côtoient. *The Book of Kells* (1985) utilise le principe du « passage » pour propulser deux jeunes gens dans l'Irlande médiévale. *Twisting the Rope* (1986) voit le retour du Dragon noir et de sa compagne pour une autre enquête californienne.

Beaucoup d'autres écrivains feront usage des idées mises au jour par ces trois autrices. Dans un genre en pleine croissance, les idées nouvelles ne le restent pas longtemps. Développée surtout pour des raisons commerciales, poussée à prendre à toute vitesse une ampleur comparable à celle de la science-fiction, la *fantasy* découvre et use en quelques années quantité de nouveaux angles d'attaque. Après avoir débroussaillé de nouveaux chemins, nos trois pionnières se font certainement un peu dépasser par l'évolution (trop) rapide de leur genre de prédilection. Saluées une année comme novatrices, elles semblent l'année suivante presque un peu démodées...

Ainsi le « passage » d'individus de notre réalité à un « monde secondaire », thème popularisé par Hambly, devient rapidement un nouveau cliché de la *high fantasy*. Parmi ceux qui l'ont utilisé avec intelligence, citons Diane Duane (***Tale of the Five*** — 1979-1992), Greg Bear (***Songs of Earth and Power***, 1984-1986) et Guy Gavriel Kay (la trilogie de ***Fionavar*** — 1985-1987). Chez Lynn, la société primitive mais non médiévale de ***Tornor***, ainsi que le portrait sensible de l'homosexualité, inspirera par exemple Mercedes Lackey pour sa saga de ***Valdemar*** (débutée en 1984) — de médiocre manière puisque Lackey, prolifique machine à produire de la fiction commerciale, en réduira le cadre à d'hystériques péripéties sentimentales —, ou Marta Randall pour son méconnu *L'épée de l'hiver* (*The Sword of Winter*, 1983), un séduisant huis clos de cape et d'épée dans un pays au bord de la révolution industrielle.

La panacée arthurienne

La Matière de Bretagne constituant une inépuisable source mythologique, ce fut vers Arthur que nombre d'auteurs se précipitèrent lorsqu'il s'agit de trouver de nouvelles thématiques pour élargir l'horizon de la *fantasy*. L'ouvrage essentiel de la *fantasy* arthurienne est bien sûr *Les dames du lac** de Marion Zimmer Bradley (*The Mists of Avalon*, 1982). L'œuvre louche parfois vers le *soap opera*, mais rénove profondément le mythe arthurien par sa vision des femmes, notamment du personnage de Morgane. Chaque auteur de *fantasy* arthurienne essaye de se concentrer sur un aspect ou un personnage différent : Nicolai Tolstoy (descendant des deux autres) écrit sur Merlin avant Arthur (*The Coming of the King*, 1988) ; Gillian Bradshaw s'intéresse à Gauvain (*Hawk of May* [1980], *Kingdom of Summer* [1981] et *In Winter's Shadow* [1982]) ; Richard Monaco à Perceval (*Parsival* [1977], *The Grail War* [1979], *The Final Quest* [1980], *Blood and Dreams* [1985]) ; Parke Goodwin à Arthur puis, plus étonnant, à Saint Patrick (*Firelord* [1980], *Beloved Exile* [1984], *The Last Rainbow* [1985]). La plupart de ces auteurs recréent une Albion aussi réaliste que possible, quitte dans certains cas à minimiser la part de la magie dans l'intrigue. Joy Chant, dans *The*

High Kings (1983), mêle nouvelles de *fantasy*, articles archéologiques et informations mythologiques — le tout conférant une sorte de patine historique jusqu'aux éléments les plus typiques du mythe arthurien. Stephen Lawhead, avec sa série ***Pendragon*** (débutée en 1987), pousse le souci de réalisme historique jusqu'à resituer la saga au VIe siècle plutôt qu'au XIIe.

On notera au passage que, généralement peu portée sur la *fantasy*, la France est cependant restée fidèle à la tradition arthurienne, de Xavier de Langlais à Michel Rio, en passant par Hersart de la Villemarqué, René Barjavel (*L'Enchanteur**, 1984) ou Jean Markale.

D'Arthur au légendaire celtique il n'y a qu'un pas, que franchissent de nombreux auteurs. La formidable série débutant par *La forêt des mythimages** (*Mythago Wood*, 1984), par Robert Holdstock, constitue l'une des œuvres les plus remarquables des années 1980. Traversant les mythes celtiques pour remonter à leurs racines enfouies dans l'inconscient humain, des romans comme *Lavondyss* (1988) transcendent la *fantasy* pour atteindre l'universel.

La recherche de nouveaux exotismes

Les années 1980 marquent l'élargissement des territoires de la *fantasy*. Cherchant à s'affranchir de la pseudo-Europe médiévale à la manière de

Tolkien, de nombreux auteurs se mettent à explorer d'autres lieux de légendes. Car s'il est vrai que la *fantasy* est bien souvent une littérature du *voyage*, elle commence alors à nécessiter de nouveaux paysages.

Certainement l'une des pionnières de cette nouvelle exploration, l'autrice pour adolescents Patricia Wrightson se tourne en 1977 vers le lectorat adulte avec *The Ice is Coming*, premier volume de la trilogie de ***Wirrun*** — où un Aborigène australien s'oppose à d'anciens esprits des glaces, désireux de provoquer une nouvelle glaciation sur terre. Suivent *The Dark Bright Water* (1978) et *Behind the Wind* (1981). Michaela Roessner part également aux Antipodes utiliser les mythes aborigènes australiens, dans son très beau *Walkabout Woman* (1988) où, de nos jours, une jeune femme tente de réconcilier son peuple avec le « Temps du Rêve ».

Géographiquement plus proches, les sagas nordiques constituent le décor du tour de force de Dennis Schmidt, ***Twilight of the Gods**** (1985-1987) : une trilogie reprenant avec un souffle wagnérien les mythes scandinaves majeurs et les inscrivant dans la vie de héros mortels. La gageure est parfaitement réussie, Schmidt trahit même les mythes afin — paradoxe — de leur être plus fidèle. Comble d'habileté, notre homme triple cet exploit en incluant les mythologies mésopotamiennes et égyptiennes.

Jessica Amanda Salmonson, défenderesse militante de la *fantasy* féminine vigoureuse, narre les exploits japonisants de ***Tomoe Gozen***, une femme samouraï (1981-1984). Plus subtil, *Ou Lu Khen and the Beautiful Mad Woman* (1985), également situé au Japon, reflète l'intérêt grandissant de l'autrice pour l'horreur et les *ghost stories*. Barry Hughart écrit trois romans (*La magnificence des oiseaux** [*Bridge of Birds*, 1984], *La légende de la pierre* [*The Story of the Stone*, 1988] et *Eight Skilled Gentlemen* [1991]) situés dans une Chine « qui n'a jamais existé », drôle et enlevée. Chine encore pour l'écrivain britannique Stephen Marley, dans des teintes nettement plus sombres : *Spirit Mirror* (1988) marque le début d'une série consacrée à une vampiresse quasi immortelle, Chia Black Dragon. Prose ciselée et ambiances troubles confèrent aux romans de Marley un charme original, entre *ghost story* et *fantasy* traditionnelle.

Susan Schwartz s'est spécialisée dans les mythes byzantins, d'abord avec la saga ***Heirs to Byzantium*** (1987-1988), située dans un monde parallèle où Antoine et Cléopâtre ont fait de Byzance la capitale de l'Empire romain. À l'équivalent de notre Moyen Âge, Byzance est toujours le centre du monde et s'y affrontent les rejetons d'une dynastie porteuse de magie. L'autrice s'engage ensuite sur la route de la soie, avec *Silk Road and Shadows* (1988).

Ayant débuté avec des séries de *fantasy* « médiévalisante » classiques (***The Hound and the Falcon*** [1985-1986] et ***Avaryan*** [1986-1988]), Judith Tarr se tourne ensuite vers le Proche-Orient, avec trois romans publiés coup sur coup en 1989 : *A Wind in Cairo* (situé en Égypte médiévale), *Ars Magica* (sur le pape Gerbert) et *Alamut* (situé en royaume de Jérusalem). Ses œuvres, passionnantes et baroques, participeront ensuite de l'évolution dans les années 1990 d'une part de la *fantasy* vers des récits quasi historiques où la magie n'occupe plus qu'une portion réduite — quoique toujours fondamentale.

L'avènement du steampunk

Confrontés à la prédominance du mouvement *cyberpunk* sur la science-fiction des années 1980, trois amis californiens s'amusèrent à forger (sur le même modèle) le terme *steampunk* : Tim Powers, James P. Blaylock et K. W. Jeter. Cet anachronique « punk vapeur » se devait d'être une sorte d'anticyberpunk et donc une science-fiction non technologique, passéiste par définition. Ce qui n'aurait pu être qu'un simple canular sans lendemain s'est pourtant tranquillement érigé en sous-genre fertile et productif, à la croisée de la *fantasy*, du fantastique et de la science-fiction (chaque roman de *steampunk* tendant plus, selon son style, vers l'un ou l'autre genre).

S'inspirant d'œuvres précédentes telles que les « *fantasy* victoriennes » de Michael Moorcock (notamment la série du ***Nomade du temps*** [1971-1981]) ou la *Machine à explorer l'espace* de Christopher Priest (*The Space Machine*, 1976), nos trois fondateurs brassèrent une idée romantique du Londres du XIXe siècle, les balbutiements de la révolution industrielle (d'où la vapeur — *steam*) et certaines grandes figures de la littérature populaire... Ainsi virent le jour *Morlock's Night* (1979) et *Machines infernales* (*Infernal Devices*, 1987) de Jeter, *Homonculus* (1986) de Blaylock et, surtout, *Les voies d'Anubis** (*The Anubis Gates*, 1983) de Powers. L'immense succès de ce dernier roman constitue sans doute l'événement qui permit au *steampunk* de vraiment se développer, au-delà de ses trois créateurs. Parmi les auteurs séduits par le genre dès les années 1980, citons Richard Monaco (*Journey to the Flame* [1985], où H. Rider Haggard s'oppose à des nazis voulant s'emparer d'une cité perdue), Esther M. Friesner (*Druid's Blood** [1988], où un faux Sherlock Holmes sauve l'archipel magique de Grande-Bretagne contre ses ennemis), et Barbara Hambly (avec une *fantasy* victorienne à vampires, *Le sang d'immortalité* [1988]). Depuis, il ne s'écoule pas d'année sans qu'une poignée de joyeux délires rétro-fictifs voient le jour. Parmi les plus mémorables, je citerai l'étonnant polar Renaissance de Paul

J. McAuley, *Les conjurés de Florence* (*Pasquale's Angel*, 1994), le *bieldungsroman*[1] techno-magique de Michael Swanwick, *The Iron Dragon's Daughter** (1993), les mythes rationalisés par Brian Stableford dans *Les loups-garous de Paris* (*The Werewolves of Paris*, 1990) et ses suites, l'uchronie alchimique ***L'âge de la déraison**** de J. Gregory Keyes (1998), la course-poursuite parisienne de Fabrice Colin & Mathieu Gaborit dans *Confessions d'un automate mangeur d'opium* (1999) et l'utopie communarde de Johan Heliot dans *La Lune seule le sait* (2000). Brassant célébrités historiques, passé idéalisé, mythes modernisés et tournant crucial d'une époque, le *steampunk* est certainement (dans ses meilleures incarnations) un genre typiquement postmoderne. Voire même strictement fin-de-siècle.

Deux révolutionnaires tranquilles : John Crowley et Jonathan Carroll

John Crowley publie en 1979 *Le parlement des fées** (*Little, big*), Jonathan Carroll fait paraître en 1980 *Le pays du fou-rire** (*The Land of Laughs*). Deux œuvres hors du commun car elles opèrent une remise en cause des fondements de la *fantasy*. Chez Crowley, l'enjeu consiste à

1. Roman d'apprentissage.

extraire d'un récit aux apparences trompeusement simples une métaphore des mécanismes du merveilleux. Chez Carroll, il s'agit de miner les certitudes dorées du genre par le double biais de l'ironie et de l'inquiétude. Et dans les deux cas, cette subversion des structures habituelles de la *fantasy* se fait non pas de manière éclatée, flagrante, mais au contraire par une démarche feutrée, lente et faussement confortable.

Après le tour de force du *Parlement des fées**, et dans le prolongement thématique de ce roman, John Crowley a entamé un ambitieux quartet dont ont pour l'instant vu le jour *Aegypt* (1987), *Amour et sommeil* (*Love and Sleep*, 1994) et *Dæmonomania* (2000). Crowley a par ailleurs démontré sa maîtrise de la forme courte dans les recueils *La grande œuvre du temps* (*Novelty*, 1989) et *Antiquities* (1993). Nettement plus prolifique, Jonathan Carroll n'a plus cessé depuis *Le pays du fou-rire** de proposer aux lecteurs des romans aussi nombreux que difficiles à classifier : « *En tant qu'auteur, Jonathan Carroll marche seul, dans une solitude circonspecte. Certaines de ses œuvres s'approchent de la SF ; la plupart font un usage retenu et ironique des motifs de la* fantasy *et du surnaturel ; et il est généralement considéré comme un écrivain d'horreur*[1]. »

1. John Clute in *Encyclopedia of Fantasy*.

Ayant continué à développer leurs œuvres dans des voies très personnelles, Crowley et Carroll s'imposent au sein des littératures fantastiques du XXe siècle comme des esprits indépendants. À la fois centraux du fait de l'attention qu'ils font porter à la *fantasy* par un public élargi, et périphériques au genre en raison de leur irréductible singularité, Crowley et Carroll apportent une sorte de présence déstabilisante dans le vaste champ du merveilleux.

Le retour des contes

Les contes de fées refont lentement surface de nos jours, grâce notamment aux œuvres de la grande autrice anglaise Angela Carter. Elle publie le recueil *Fireworks* en 1970, que suivront plus tard *La Compagnie des loups* (*Company of Wolves*, 1979), *The Virago Book of Fairy Tales* (1991) et *The Second Virago Book of Fairy Tales* (1992). « *Ces contes rappellent ceux que les enfants écoutent le soir avant de s'endormir, peuplés comme ils sont de princesses, de trolls, de fées bénéfiques ou maléfiques et d'aventures, mais ils sont dangereux. Jamais ils n'ont été édulcorés pour le cinéma ou les livres d'images : ce sont des histoires puissantes et originales*[1]. »

1. Sally Ann Melia, « La sagesse de l'enfant, l'audace de la femme », in *Yellow Submarine*, n° 94, août 1992.

Le cinéma se frottera pourtant aux contes sombres d'Angela Carter : ce sera *La Compagnie des loups*, un somptueux film de Neil Jordan (1984).

Aux États-Unis, Robin McKinley débute sa carrière d'autrice de *fantasy* avec un roman très remarqué, *Belle* (*Beauty*, 1978) — version « revue et corrigée » de *La Belle et la Bête* —, puis continue dans ce style avec le recueil *The Door in the Edge* (1981). Ses œuvres suivantes, hélas, se feront très conventionnelles — jusqu'à *Deerskin* (1993), version révisée et terriblement sombre de *Peau d'âne*.

Deux autres femmes, les éditrices américaines Ellen Datlow et Terri Windling, s'engagent à la fin des années 1980 dans une belle aventure éditoriale : remettre les contes de fées au cœur de la *fantasy*. Pour ce faire, Terri Windling lance la collection « The Fairy Tale Series » (chez Ace, puis Tor), qui accueille des romans inspirés de contes et légendes, revisités avec une sensibilité contemporaine. Paraissent successivement : *The Sun, the Moon and the Stars* de Steven Brust (1987 — alternant le récit de la vie quotidienne, de nos jours, d'un groupe d'artistes au bord de la faillite et un conte de fées d'origine hongroise, cet étonnant roman utilise le mythe autant que la réalité comme illustration des réflexions de l'auteur sur la création artistique : ses méandres, ses résonances humaines, ses bonheurs et difficultés) ; *Jack the Giant Killer* de Charles de Lint (1987 — la légende de Jack, le tueur de géants, trouve une nouvelle vie lorsqu'une jeune femme nommée Jacky Rowan se retrouve confrontée à la chasse sauvage, au bord de la Faërie — en plein Ottawa contemporain) ; *The Nightingale* de Kara Dalkey (1988 — basé sur « Le rossignol et l'Empereur de Chine » d'Andersen, ce roman se déroule dans le Japon du IXe siècle) ; *Snow White and Rose Red* de Patricia C. Wrede (1989 — fondé sur un conte des frères Grimm mais situé dans une Angleterre d'Élizabeth Ire décalée puisque magique) ; *Tam-Lin* de Pamela Dean (1991 — inspiré d'une vieille ballade écossaise[1], que l'autrice recadre avec verve et subtilité dans une université nord-américaine des années 1970, en un étonnant mélange de manuel de littérature anglaise et de comédie de mœurs estudiantine) ; et *Briar Rose* de Jane Yolen (1992 — par une grande dame de la *fantasy* pour enfants, un superbe et poignant roman qui replace l'histoire de la Belle au bois dormant durant la Seconde Guerre mondiale). Windling et Datlow lancent ensuite, en 1985, avec *Snow White Blood Red*,

1. Ce type de légendes a connu une nouvelle notoriété grâce au succès de groupes folks comme Steeleye Span, Planxty ou Fairport Convention. Le rapport avec la musique folk est devenu particulièrement important pour toute une génération d'écrivains américains actuels, tels que Steven Brust, Charles de Lint ou Ellen Kushner, souvent musiciens eux-mêmes.

une série de recueils de contes de fées réécrits par des écrivains actuels de *fantasy*. Une remarquable collection, à laquelle Windling seule ajoute en 1995 *The Armless Maiden*, sur le thème de l'enfance martyrisée.

Les contes de fées réécrits font aujourd'hui partie intégrante du paysage de la *fantasy* anglo-saxonne : citons encore les recueils *Red as Blood* de Tanith Lee (1983) et *Le djinn dans l'œil du rossignol* d'A. S. Byatt (*The Djinn in the Nightingale's Eye*, 1994), les romans *The Coachman Rat* de David Henry Wilson (1985 — l'histoire de « Cendrillon » racontée du point de vue du rat transformé en cocher), *Thomas le rimeur** d'Ellen Kushner (*Thomas the Rhymer* [1990] — inspiré d'une ballade anglaise), *The Wild Swanns* de Peg Kerr (1999 — d'après un conte d'Andersen) ou *Enchantement* d'Orson Scott Card (*Enchantment* [1999] — basé sur *La Belle au bois dormant*).

Les méchants millénaires rôdent encore

Pour autant, la diversification de la *fantasy* dans les années 1980 ne doit pas faire croire que la *fantasy* épique traditionnelle a disparu, bien au contraire. En termes de chiffres de vente comme de visibilité, la *high fantasy* occupe toujours le devant de la scène.

Stephen Donaldson livre une seconde trilogie

de ***Thomas l'Incrédule*** (***Thomas Covenant the Unbeliever***, 1980-1983), plus tortueuse et étrangement malsaine que la première, puis le diptyque du ***Miroir de Mordant*** (***Mordant's Need***, 1986-1987). Mais c'est un nouveau venu, David Eddings, qui va devenir le grand *best-seller* de la décennie.

Les cinq volumes de la ***Belgariade**** (***The Belgariad***, 1982-1984) ne proposent pourtant absolument aucun élément original. En fait, son résumé pourrait même convenir à n'importe quelle autre saga de *high fantasy* : un méchant sorcier se réveille d'un sommeil millénaire. Il veut redevenir maître du monde. Seule peut se dresser contre lui une compagnie de personnages attachants. Le « vilain petit canard » du groupe s'avère un prince héritier méconnu. Nos héros visitent systématiquement toute une série de royaumes pittoresques. Les anciennes prophéties s'accomplissent inexorablement.

Paradoxalement, la ***Belgariade**** concentre à un point tel l'ensemble des clichés du genre qu'elle en devient une sorte d'aboutissement. Au service de cet aspect « générique », poussé à l'extrême, travaillent pourtant de véritables qualités littéraires : style élégant, humour agréable, construction sans faille. David Eddings s'empressa de donner une suite à sa saga, toujours en cinq volumes : la ***Mallorée*** (***The Malloreon***, 1987-1991).

Guy Gavriel Kay, qui avait travaillé comme assistant de Christopher Tolkien à l'établissement d'une version publiable du *Silmarillion* de J. R. R. Tolkien (paru en 1977), ne sut pas tout de suite se détacher de son influence — mais sa trilogie de ***Fionavar*** (1985-1986) constitue l'exemple le plus talentueux qui soit d'un démarquage de Tolkien. Ses héros, des étudiants contemporains, opèrent un « passage » vers le « monde secondaire » de Fionavar, où ils se retrouvent engagés dans un conflit entre patriarchie et matriarchie. Utilisant de nombreuses sources mythiques autant que les ressources de la psychanalyse, Kay transcende son décor avec intelligence. Il s'imposera comme un auteur majeur durant la décennie suivante.

Le monde de ***Deverry*** est un autre exemple de *high fantasy* intelligente, sachant dépasser un décor convenu : Katherine Kerr débute la série en 1986 avec *Daggerspell*.

Deux grands inclassables : Steven Brust et Terry Pratchett

Écrivain américain d'origine hongroise, Steven Z. Brust débute en 1983, avec ***Jhereg****, une longue suite de romans indépendants qui se poursuit encore aujourd'hui. On y suit la carrière d'un tueur à gages, Vlad Taltos, dans une cité médiévale. L'univers dans lequel évolue Taltos (sombre, complexe, évolutif et brossé avec un vrai talent d'évocation) trouve la plupart de ses sources chez Leiber — jamais chez Tolkien, ce qui constitue un changement plaisant. Au nombre des autres auteurs classiques ayant influencé Brust figurent Zelazny et Moorcock, mais également... Raymond Chandler et Alexandre Dumas. Il rend d'ailleurs hommage à ce dernier dans deux romans annexes du cycle, *The Phoenix Guards* (1991) et *Five Hundred Years After* (1994), des œuvres de « cape et d'épée » au ton léger, situées dans le passé de la série. Sans atteindre les ventes colossales des grands mammouths de la *high fantasy*, Brust a su imposer peu à peu son imaginaire original à un vaste public.

Pour sa part, Terry Pratchett demeurera certainement sa propre référence. Débutant lui aussi en 1983 sa série principale, les ***Annales du Disque-Monde**** (avec *La huitième couleur — The Colour of Magic*), cet auteur anglais s'est imposé depuis comme l'un des plus importants écrivains actuels de *fantasy* — et peut-être même l'un des plus importants écrivains actuels tout court, si l'on en juge notamment par le fait qu'un pour cent de tous les livres vendus en Grande-Bretagne sont écrits par Pratchett. Pour que l'humour et la satire puissent exercer leur coupable industrie, la cible se doit d'avoir atteint une certaine notoriété. Le succès de Terry Pratchett tendrait à prouver que c'est désormais le cas pour la *fantasy*. Il n'existe guère de thème qu'il n'ait (s)abordé avec verve (et philosophie !) dans ses incroyables ***Annales du Disque-Monde****.

8) Fin des années 1980, années 1990 : l'âge de la majorité

Découper l'évolution d'une littérature par décennies permet de clarifier certaines évolutions, mais il est évident que rien n'est jamais aussi simple… En l'occurrence, tous les auteurs qui ont permis à la *fantasy* d'atteindre dans les années 1990, sinon sa maturité, du moins son plein potentiel, ont débuté vers le milieu de la décennie précédente.

Une nouvelle génération : merci, Terri Windling

C'est en 1987 que la maison américaine Ace lance sa collection « Ace Fantasy Specials », sous la direction de l'éditrice Terri Windling. Cette collection se veut une rampe de lancement pour de nouveaux auteurs de *fantasy*, sur le modèle des fameux « Ace Science Fiction Specials » de Terry Carr (qui révèlent notamment William

Gibson). Seuls trois romans sortent dans la collection : *War for the Oaks* d'Emma Bull (1987 — une *fantasy* urbaine mêlant le cadre de Minneapolis avec les mythes celtes), *The Fairy of Ku-She* de M. Lucie Chin (1988 — une *fantasy* en Chine ancienne, violente et passionnée) et *Through a Brazen Mirror* de Delia Sherman (1989, une élégante *fantasy* médiévale féministe). Puis Terry Carr meurt et Terri Windling quitte Ace pour Tor : les deux collections sont abandonnées[1]. Mais les « Ace Fantasy Specials » n'étaient que les derniers en date d'une longue série d'excellents premiers romans choisis par Windling chez Ace au cours des années 1980 : elle avait déjà découvert des auteurs tels que Charles de Lint, Sheri Tepper, Patricia Wrede, Caroline Stevermer et Steven Brust — presque un résumé de la liste des talents les plus remarquables des années 1990. Entre son travail sur les contes de fées (déjà commenté plus haut), son « décryptage » annuel du genre et ses choix de nouvelles dans les *Year's Best Fantasy*, ses

1. « *Le quatrième titre que j'avais acheté pour la collection,* Contrarywise *par Zohra Greenhaugh, fut publié après mon départ, mais je ne saurai le recommander : l'éditeur qui s'en est occupé publia par erreur un premier jet du manuscrit plutôt que la version terminée, le résultat était donc assez chaotique. L'autrice, visiblement, ne s'en soucia pas du tout — elle avait entre-temps disparu dans une secte. Le monde de l'édition est vraiment bizarre, des fois !* » (Terri Windling *in* courrier personnel).

œuvres critiques[1] et son travail éditorial avec la plupart des auteurs contemporains intéressants, on peut réellement affirmer que Terri Windling est l'une des principales figures de la *fantasy* actuelle. Et non contente d'être une formidable éditrice, Windling est également une admirable autrice : son roman *The Wood Wife** (1996) s'impose comme l'une des œuvres clefs de la *fantasy* récente — ou de la « littérature mythique », comme elle aime à dire.

D'Ottawa à Minneapolis : Charles de Lint et les Scribblies

En 1984, Windling dirige l'édition du deuxième roman d'un jeune écrivain canadien, Charles de Lint : *Moonheart*. Un roman qui mêle décor urbain (Ottawa), magie (une immense maison dont certaines portes ouvrent sur d'autres dimensions) et mythes (surtout tirés du folklore amérindien), avec une touche d'horreur. On peut considérer *Moonheart* comme la première pierre de ce qui va devenir un important sous-genre de la *fantasy* : la « *fantasy* urbaine ». De roman en roman, De Lint continuera à révéler les aspects

1. Voir par exemple l'entretien et l'étude publiés in *Yellow Submarine*, n° 129 (*Les sentiers de la Faërie*), Bifrost/Étoiles Vives, 1999. Voir aussi son site web <http://www.endicott-studio.com/>.

féeriques de l'environnement urbain : mythes gitans (*Mulengro*, 1985) ou celtes (*Greenmantle*, 1988), vampire des rêves et monde créé par l'imagination d'un homme (*Yarrow*, 1986), nouvelle version de la légende de Jack le tueur de géant (*Jack the Giant Killer*, 1987), *manitous* amérindiens (*Someplace to Be Flying*, 1998) ou affrontement des mythes mexicains, celtes et amérindiens (*Forests of the Heart*, 2000), la ville recèle bien des zones d'ombres et des points de passage vers les créatures mythologiques... Aujourd'hui, Charles de Lint est devenu l'un des auteurs les plus importants de la *fantasy*, tant en termes d'influence que de chiffres de vente. Que ce soit à travers ses nouvelles (régulièrement réunies en recueils), par le biais de ses chroniques (notamment dans la revue *F&SF*), ou dans ses romans, de Lint a imposé sa vision très particulière de la *fantasy*.

D'autres auteurs explorent des voies similaires à la fin des années 1980, de manière dispersée — citons ***Songs of Earth and Power*** (1984-1986) de Greg Bear, *Down Town* (1985) de Tappan King & Viido Polikarpus, *New York by Knight* (1986) et *Elf Defense** (1988) d'Esther Friesner, *Faërie la colline magique* (*Faerie Tale*, 1988) de Raymond E. Feist —, mais c'est l'œuvre de Charles de Lint qui va réellement focaliser l'attention de toute une génération d'auteurs, et permettre l'épanouissement de la

« *fantasy* urbaine » en une nouvelle branche du genre. Notamment par son influence sur les « Scribblies ».

Fondé au début des années 1980 à Minneapolis, ce groupe informel d'écrivains (officiellement baptisé Interstate Writers' Workshop, mais mieux connu sous le sobriquet de Scribblies) se concentre d'abord sur la création d'un « monde partagé » : ***Liavek***. Liavek est une ville décadente, rappelant le Lankhmar de Leiber, où chaque auteur situe des nouvelles, réunies en anthologies (à partir de 1985). Y écrivent les Scribblies (Steven Brust, Emma Bull, Kara Dalkey, Pamela Dean, Megan Lindholm, Will Shetterly et Patricia Wrede) et quelques-uns de leurs talentueux amis (John M. Ford, Gregory Frost, Alan Moore, Caroline Stevermer, Jane Yolen...). Bien que n'ayant pas de manifeste et prétendant n'être réuni par rien d'autre que l'amitié, le groupe déclare vouloir retrouver la fraîcheur de la littérature populaire, n'écrire que des livres qu'ils aimeraient eux-mêmes lire. Ils se découvrent rapidement un goût commun pour les œuvres de Peter S. Beagle et de Charles de Lint. *Wizard of the Pigeons** de Megan Lindholm (1986) et *War for the Oaks* d'Emma Bull (1987) constituent par exemple deux excellents romans de *fantasy* urbaine écrits par des Scribblies — et dirigés par Terri Windling, qui crée en 1986 un nouveau « monde partagé », destiné cette fois à un lectorat adolescent : ***Borderland***. Un univers collectif typique de la *fantasy* urbaine, une ville où la Faërie interagit avec notre monde. Outre plusieurs Scribblies, les anthologies et romans de ***Borderland*** révèlent d'autres auteurs intéressants comme Steven Boyett, Ellen Kushner et Midori Snyder.

Au fil des années 1990, la « *fantasy* urbaine » devient une composante essentielle du domaine. Citons quelques jalons… Débutant dans le style avec *Gate of Darkness Circle of Light* (1989 — agréable, mais trop proche de De Lint), Tanya Huff crée ensuite une intéressante fusion de la *fantasy* urbaine avec un grand thème fantastique (les vampires) et la forme du polar (la série des ***Blood Lines*** [1991-1993]). *Street Magic* (1991) de J. Michael Reaves suit la trace des fées à San Francisco. Débutant dans la même ville, *Cold Iron* (1997) de Melisa Michaels opère une étonnante fusion du *thriller* californien actuel (à la manière de Laurie King, Jonathan Kellerman ou Sue Grafton) avec le thème de l'intrusion de la Faërie dans notre monde. Une intrusion qui a carrément détruit la civilisation dans *Ariel* (1983) de Steven Boyett, aux accents postcataclysmiques. Steven Brust coécrit *Gypsy* (1992) avec Megan Lindholm, puis *Freedom & Necessity* (1997 — une *fantasy* marxiste !) avec Emma Bull. La *fantasy* urbaine fait même tellement partie du paysage du genre à la fin des années

1990 que des autrices médiocres (comme Mercedes Lackey ou Elizabeth Ann Scarborough) s'y risquent — c'est hélas le plus sûr signe de la popularité d'un thème.

Maniérisme et fantasy *historique*

En 1991, sort *Moonwise*, signé d'une certaine Greer Ilene Gilman. Ce roman étrange, totalement désuet, extrêmement maniéré, incroyablement touffu et contourné, radical dans sa différence, fait l'effet d'un coup de tonnerre. Écoutons Michael Swanwick[1]: « *Du point de vue de son influence*, Moonwise *est certainement l'œuvre de* fantasy *la plus importante de la décennie, pour la simple raison qu'elle a conduit une génération entière de nouveaux écrivains de* fantasy *sur la voie de l'ambition. Durant l'année qui suivit sa sortie, les ateliers d'écriture et les conventions résonnèrent d'un constant bourdonnement de surprise. Une inconnue complète, avec son premier livre, avait réinventé non seulement la substance mais aussi le langage du roman de* fantasy, *et tout cela non pas pour la satisfaction du marché mais pour répondre à ses propres démons intérieurs. Ce qui soulevait sans coup férir une question puissante quoique non formulée : si elle peut le faire, alors pourquoi*

1. *Op. cit.*

pas moi ? Pourquoi pas moi ? *Et, en effet... pourquoi pas ?* »

Les Scribblies rédigent aussitôt une charte littéraire, et fondent le mouvement de la Pre-Joycean Fellowship (PJF, des initiales qui accompagnent désormais souvent leur nom en page de titre de leurs œuvres). Cette « compagnie pré-joycienne » (qui pousse à la comparaison avec la Pre-Raphaelite Brotherhood de la fin du XIXe siècle) revendique une attitude antiélitiste et antimoderniste vis-à-vis de la littérature, une ambition stylistique sans fausse modestie mais pleine d'humour, et une attirance pour l'ensemble des mythes anciens.

Publié en 1987, le premier roman d'Ellen Kushner, *Swordspoint**, était sous-titré « Un mélodrame de manières ». Les critiques l'utilisèrent pour définir une école de *fantasy* auparavant sans étiquette : la « *fantasy* de manière » (ou *maniérisme*). Le deuxième roman de Kushner, *Thomas le rimeur* (*Thomas the Rhymer*, 1990) relève des mêmes ambitions, tout comme *The Porcelain Dove* (1993) de Delia Sherman.

Jusqu'à peu, la *fantasy* s'était faite très discrète en France — presque absente, en fait, en dehors des médiocres productions « populaires » du Fleuve Noir. Tout au plus pouvait-on glaner ces dernières années quelques œuvres isolées d'auteurs, comme Francis Berthelot (***Khanaor*** [1983]),

Sylvie Germain, ou Isabelle Hausser (*Célubée* [1986]). À l'orée du XXIe siècle, la France semble pourtant redécouvrir tous les charmes de la *fantasy*, d'où la parution d'œuvres aussi intéressantes que la trilogie des ***Elfes*** de Jean-Louis Fetjaine ou le ***Cycle de l'ancien futur*** de Denis Duclos, et l'éclosion d'une véritable école française du genre (David Calvo, Fabrice Colin, Mathieu Gaborit, Léa Silhol, Laurent Kloetzer, etc.). On notera que, parmi les jeunes auteurs les plus intéressants révélés ces dernières années, tant Fabrice Colin (le diptyque ***Arcadia*** [1998] et la trilogie ***Winterheim*** [1999]) que Laurent Kloetzer (*Mémoire vagabonde* [1997] *et La voie du cygne** [1999]) œuvrent avec une sensibilité étonnamment proche de celle des maniéristes anglo-saxons : une rencontre d'inspiration d'autant plus remarquable que les auteurs français ne pâtissent pas de la comparaison.

Entre une présence profonde mais discrète de la magie et des mythes, une attirance visible pour des cadres historiques romancés, un attrait plus particulier pour la période de la Régence[1], les ambitions du maniérisme ouvrent la voie à

1. On parle ici de la Régence anglaise, bien entendu : la période entre 1811 et 1820 où le prince de Galles (futur George IV) sert comme régent durant la longue maladie de son père George III. À ne pas confondre avec la Régence française (1715-1723). Les « Regency romances » de Jane Austen et de Georgette Heyer figurent parmi les principales influences du mouvement.

un autre sous-genre, la « *fantasy* historique ». Caroline Stevermer (*A College of Magics** [1994]), Patricia Wrede (les comédies à la Wodehouse sur ***Mairelon the Magician*** [1991-1998]), Elizabeth Willey (la trilogie de ***Prospero*** [1994-1996]), Kara Dalkey (la trilogie ***Blood of the Goddess**** [1996-2000]), Melissa Scott & Lisa A. Barnett (*The Armor of Light* [1988] et *Point of Hopes** [1995]), Michaela Roessner (la trilogie florentine de *The Stars Dispose** [à partir de 1997]), Midori Snyder (la trilogie ***The Queen's Quarter*** [1989-1993] et *Innamorati* [1998]), Lisa Goldstein (*Les jeux de la Lune et du Soleil** [*Strange Devices of the Sun and Moon*, 1993] et *Roi de l'été, fou de l'hiver* [*King of Summer Winter Fool*, 1995]), Susan Schwartz ou Judith Tarr (déjà citées) : il est évident que les femmes sont les premières intéressées à écrire des œuvres de *fantasy* subtiles et pseudo-historiques. Sous couvert d'univers romantiques (sans mièvrerie) et d'aventures échevelées, elles en profitent pour broder des fictions politiquement engagées, défendrc les causes féministes et homosexuelles, bousculer les *a priori* généralement de rigueur dans la *fantasy* classique post-Tolkien.

Trois hommes apparaissent tout de même particulièrement remarquables au sein des sous-genres jumeaux du maniérisme et de la *fantasy* historique : John M. Ford avec *The Dragon Waiting* (1983), qui se déroule sous le règne de

Richard III ; R. García y Robertson (plus connu pour sa science-fiction d'aventure à la E. R. Burroughs) avec *The Spiral Dance* (1993), une *fantasy* élisabéthaine ; et surtout Guy Gavriel Kay. Après sa trilogie de la ***Tapisserie de Fionavar***, cet excellent auteur canadien bâtit des sociétés autrement personnelles, avec un décalage vers la Renaissance, une approche presque politique et des géographies à peine transposées (Italie pour *Tigane** [*Tigana*, 1990], Provence pour *La chanson d'Arbonne* [*A Song For Arbonne*, 1992], Proche-Orient pour *Les lions d'Al-Rassan* [*The Lions of Al-Rassan*, 1995] et *Sailing to Sarantium* [1998]).

Magie et mythes se font discrets dans le maniérisme et la *fantasy* historique, ai-je écrit. Curieusement, c'est aussi le cas dans la *high fantasy*, celle qui donne encore et toujours les principaux *best-sellers* du genre. Mais les raisons en sont radicalement différentes.

Dans les sous-genres évoqués plus haut, magie et mythes deviennent des soubassements de la réalité, des principes de base sans lesquels les univers mis en scène ne sauraient fonctionner. Bien souvent, la magie y fait partie d'une sorte de « principe féminin » du monde, par opposition au matérialisme masculin.

Dans la *high fantasy* (qu'un chroniqueur de la revue américaine *Locus* s'est amusé à surnommer « Big Commercial Fantasy » — BCF — terme aussitôt adopté par les commentateurs du genre), il s'agit plutôt d'un effet d'appauvrissement des archétypes — « *Un peu comme les formes de la magie furent reprises par les praticiens de la prestidigitation. Ils ne peuvent pas mieux faire, puisqu'ils ont perdu la vision originelle*[1]. »

C'est ainsi que les personnages de *L'apprenti assassin* (*Assassin's Apprentice*, 1995) de Robin Hobb utilisent diverses formes de télépathie plutôt qu'une magie plus traditionnelle — dans ce monde, les elfes ne sont même qu'une vague légende. Pouvoirs identiques dans *The Jackal of Nar* (1998) de John Marco : télékinésie, télépathie... Interrogée à ce sujet pour son roman *The Arm of the Stone* (1998), Victoria Strauss estime qu'elle a « *un problème majeur avec le rôle que joue la magie dans une bonne part de la* fantasy, *où elle n'est ni véritablement expliquée ni systématisée, et semble être utilisée comme une sorte de* deus ex-machina *pour faire avancer l'intrigue. Il me semble que la magie, si elle existait, ne pourrait pas être une sorte de force universelle à la* Star Wars, *à la source de laquelle tout le monde pourrait boire, mais un talent particulier possédé par seulement quelques individus, comme le talent artistique ou scientifique. Et*

1. Michael Swanwick, *op. cit.*

cela fonctionnerait non pas à base de borborygmes mystiques, mais à force de volonté et d'entraînement. » Pourquoi alors considérer que de tels romans relèvent de la *fantasy* ? « *Je suppose que le cadre préindustriel, et la présence d'un objet mystérieux aux pouvoirs inexpliqués (la Pierre), en fait de la* fantasy *plus ou moins par définition* », reconnaît Victoria Strauss, tout en considérant cependant qu'il s'agit plutôt d'« *un roman de littérature générale transposé dans un cadre fantastique*[1]. »

Ce point de vue reflète bien de quelle manière la *high fantasy* est presque devenue, durant les années 1990, un genre en lui-même, quasiment distinct de la « littérature mythique » chère à Terri Windling.

Les méchants millénaires rôdent toujours

Et qui dit « genre » dit ampleur, diversité, richesse… Désormais, la *high fantasy* abrite aussi bien les tristes plumes industrielles issues des adaptations de jeux de rôle (l'école des ***Dragonlance***™ et autres ***Royaumes oubliés***™, aux interminables bouillies de châteaux et d'elfes), les vigoureuses épopées de Robert Jordan (dernier héritier d'Howard ?), la torrentielle ***Arcane des***

1. In *Yellow Submarine*, n° 129 (*Les sentiers de la Faërie*), Bifrost/Étoiles Vives, 1999.

épées* de Tad Williams (***Memory, Sorrow and Thorn***, 1988-1993 — une sorte de « saga BCF ultime », brassant la plupart des mythes européens), les enchevêtrements spatio-temporels des ***Chroniques du Vagabond*** de Tom De Haven (***Chronicles of King's Tramp***, 1990-1992) ou les querelles dynastiques du *Trône de fer* de G. R. R. Martin (*A Game of Thrones*, 1996).

S'émancipant enfin de l'ombre gigantesque de Tolkien, les auteurs tentés par la BCF se permettent explorations, métissages et réflexions... Ayant quasiment fait le tour de la *high fantasy* dans ***L'arcane des épées****, Tad Williams se lance avec ***Autremonde*** (***Otherworld***, à partir de 1996) dans une ambitieuse fusion de la *fantasy* et du *cyberpunk*. Aux bordures instables de la Faërie et dans une ambiance proche du *steampunk*, Michael Williams bâtit un monde nourri par la poésie de William Blake, Percy Shelley et John Keats (*Arcady* [1996] et *Allamanda* [1997]). J. Gregory Keyes s'essaye au lyrisme wagnérien (*The Waterborn* [1996]) puis plonge dans les délicieux anachronismes du *steampunk* (***L'âge de la déraison****, à partir de 1998). Proche également des ambiances du *steampunk*, Sean Russell crée une sorte de Darwin de la *fantasy* (***Moontide and Magic Rise****, 1994). Daniel Hood met en scène des enquêtes au parfum d'Agatha Christie dans un univers médiévalisant (le cycle de ***Fanuilh***, à partir de 1994). Simon Green mêle ville à la manière de Leiber, et polar à la façon de McBain (le cycle d'***Hawk & Fisher***, à partir de 1990). Plus classiques dans la forme qu'ils choisissent, des jeunes auteurs ambitieux tels que Chaz Brenchley (***Outremer***, à partir de 1998) ou Ricardo Pinto (***The Stone Dance of the Chameleon***, à partir de 1999) parviennent cependant à renouveler les clichés de la BCF, à apporter une nouvelle fraîcheur aux structures familières.

La *fantasy* approche de la maturité : c'est le cas de ses composantes « médiévalisantes », les plus visibles pour le grand public (et pour les traductions françaises), comme de ses sous-genres moins médiatisés.

Deux outsiders *anglais :* *M. John Harrison et Garry Kilworth*

Nous avons laissé M. John Harrison en 1985 avec la fin de son cycle de ***Viriconium*** (***Viriconium Nights***). Après une incursion en littérature classique (*Climbers*, 1989), il revient au genre en 1992 avec *The Course of the Heart* — certainement son chef-d'œuvre à ce jour. Des étudiants y tentent de passer dans un autre monde, afin de trouver un sens à leur vie. Introspectif, poignant, stylistiquement brillant, *The Course of the Heart* est surtout un saisissant parcours humain — comparable à ce que Robert Silverberg avait fait de manière plus science-fictive dans *Le Livre des crânes* (*The Book of Skulls*, 1971).

En 1997, sort en Angleterre *The Wild Road*, signé Gabriel King. Sous ce pseudonyme se cachent en réalité M. John Harrison et l'éditrice Jane Johnson qui, cédant de conserve à leur amour des félins, effectuent dans leur roman un hybride étonnant entre la *fantasy* animalière et la *fantasy* urbaine. *The Wild Road* se déroule de nos jours en Grande-Bretagne ; cette œuvre narre l'existence et la quête d'un jeune chat recruté par un mystérieux matou nommé Majicou pour retrouver le Roi et la Reine des félins. Mais qui sont-ils ? Comment un jeune chat aussi inexpérimenté que Tag pourrait-il faire plus que survivre dans les rues ? Et quels sont ces *highways* qui sillonnent la ville comme des lignes de force parcourues par des animaux mystérieux, presque invisibles ? Le monde vu sous cet angle nouveau nous offre une vision inédite, étrange et un peu inquiétante — exactement ce qu'on peut demander d'un bon livre de *fantasy*. D'une tonalité sombre, d'un style très travaillé, *The Wild Road* rencontre un succès immédiat. Les auteurs lui donnent une suite l'année suivante : *The Golden Cat*.

Il est vrai que les lecteurs britanniques ont toujours adoré les récits de *fantasy* faisant parler les animaux : après Kipling et *Le vent dans les saules** (1908) de Kenneth Grahame, c'est avec *Les garennes de Watership Down** de Richard Adams (*Watership Down*, 1972) que la « *fantasy* animalière » a vraiment trouvé son identité. Depuis, rares sont les années où ne paraissent quelques romans relevant de cet étonnant sous-genre… dont Garry Kilworth est l'auteur le plus connu[1]. Le monde vu par les yeux de renards (*Hunter's Moon*, 1989), de lièvres (*Frost Dancers*, 1993), de souris (*House of Tribes*, 1995) : Kilworth aura exploré de nombreuses visions de l'Autre comme animal.

S'il s'était contenté de ses romans animaliers, Kilworth aurait déjà imposé sa plume en *fantasy*. Mais c'est un auteur qui ne tient pas en place : roman historique, littérature contemporaine, science-fiction, horreur, *fantasy* variée, nouvelles pour adultes, romans pour la jeunesse — Kilworth écrit sans souci de carrière ou d'étiquettes. Sa trilogie des ***Navigator Kings**** (1996-1998) constitue un bon exemple de cette liberté sans ambages : la collision de mythes celtes et polynésiens y sert de toile de fond à une attachante épopée marine. Dans *La compagnie des fées** (*A Midsummer's Nightmare*, 1996)[2], il brosse avec humour une sorte de guide des lieux

1. Pour plus de détails, on lira son étude « De la *fantasy* animalière », in *Yellow Submarine,* n° 127 (*Dossier Fantasy*), Bifrost/Étoiles Vives, 1998.

2. Destiné à un public adolescent mais publié en France dans une collection pour adultes.

magiques de la Grande-Bretagne. Dans la trilogie des ***Welkin Weasels*** (1997-1999), il mêle avec entrain les schémas de la *fantasy* animalière et de la BCF. Enfin, dans *Shadow Hawk* (1999), il brosse avec lyrisme un mythe pour l'âge de pierre. Insaisissable, Garry Kilworth semble toujours se trouver là où on ne l'attend pas.

Le retour aux sources

Ces dernières années ont vu la floraison d'un nombre de plus en plus conséquent d'œuvres utilisant à la fois les outils de la narration moderne et les grands thèmes, les grandes « résonances » classiques : conte de fées, fable, histoire de fantômes, roman d'apprentissage, passage d'un monde à l'autre, enchâssement de récits… Tout se passe comme si certains auteurs voulaient réinventer le genre à partir de ses bases victoriennes et édouardiennes, c'est-à-dire l'époque où la *fantasy* a commencé à se différencier : ils font de la *fantasy* comme on aurait pu l'écrire si *Le Seigneur des Anneaux** n'avait jamais existé. Et se dégager de l'ombre écrasante de Tolkien constitue bel et bien un moyen de retourner aux sources, de retrouver la fraîcheur de l'enfance du genre.

Véritable mouvance ou simple réflexe postmoderne ? Le temps nous le dira. Quoi qu'il en soit, des œuvres telles que *Imajica** (1991) et *Le* *voleur d'éternité** (*The Thief of Always*, 1992) de Clive Barker, *The Dubious Hills* (1994) de Pamela Dean, *Le vin des dieux** (*One for the Morning Glory*, 1996) de John Barnes, *The Gift** (1997) de Patrick O'Leary, *Stardust** (1998) de Neil Gaiman, *Tamsin** (1998) de Peter S. Beagle, *The High House** (1998) et *The False House* (1999) de James Stoddard, dessinent le visage d'une *fantasy* épanouie, mûre, réconciliée avec son passé. Toutes ces œuvres récentes entretiennent de subtils rapports aussi bien entre elles qu'avec des classiques pour la jeunesse tels que, pêle-mêle, *Le jardin secret* (*The Secret Garden*, 1911) de Frances Hodgson Burnett, les ***Green Knowne*** (1954-1976) de Lucy M. Boston, *Tom et le jardin de minuit** (*Tom's Midnight Garden*, 1958) de Philippa Pearce, les œuvres d'Alan Garner et celles d'E. Nesbit : le genre semble retrouver une bonne part de sa fraîcheur dans les souvenirs de l'enfance.

La *fantasy* a d'ailleurs trouvé dans la littérature pour adolescents ses deux plus réjouissants *best-sellers* récents : ***À la croisée des mondes**** (***His Dark Materials***, à partir de 1995) de Philip Pullman, et les ***Harry Potter**** (à partir de 1997) de J. K. Rowling. Faisant usage des mêmes ingrédients quasi intemporels que la poignée de titres cités plus haut, les œuvres de Pullman et Rowling ont balayé le monde, rencontrant un phénoménal succès dans toutes les couches de la société et auprès de tous les âges. Chacun s'y retrouve et s'y enrichit. Dans les deux cas, ce sont des cycles encore en cours de rédaction : ainsi avons-nous le privilège de voir éclore, sous nos yeux, des œuvres qui demeureront sans doute des classiques.

Pour revenir du côté de la France, je ne vois chez nous qu'une œuvre de « retour aux sources » : *Les flammes de la nuit** de Michel Pagel (2000). Une seule — puisque en France la *fantasy* commence à peine à renaître, après des siècles de quasi-désert.

D'ailleurs, ne sont guère évoqués dans ce guide que des ouvrages anglo-saxons : la *fantasy* des autres langues s'avère difficilement accessible en français ou en anglais. Tout juste puis-je citer les Allemands Michael Ende (*Momo* [1973] et *L'histoire sans fin* [*Die unendliche Geschichte*, 1979]) et Hans Bemmann (*La pierre et la flûte*, [*Stein und Flöte*, 1983] — *fantasy* agréablement classique aux accents de conte de fées). Sinon, il convient d'aller voir du côté des éditeurs généralistes, afin d'explorer les trésors disséminés de la « littérature mythique » : *Le merveilleux voyage de Nils Holgersson à travers la Suède** (*Nils Holgerssons underbara resa genrom Sverige*, 1931) de la Suédoise Selma Lagerlöf, *La fameuse invasion de la Sicile par les ours** de l'Italien Dino Buzzati (*La famosa invasione* *degli orsi in Sicilia*, 1965), *La lune derrière les granges* (*Der Mond hinter den Scheunen*, 1982) de l'Allemand Erwin Moser, les romans des Mexicains Alfredo Véa Jr. et Carmen Boullosa, de l'Australienne Marele Day (*Lambs of God*, 1997), des Finlandais Mika Waltari, Tove Jansson (***Moumine le troll****) et Arto Paasilinna (*Le fils du dieu de l'orage* [*Ukkosenjumalan poika*, 1984]), les recueils de contes zen du Japonais Kenji Miyazawa ou du Tibétain Zhaxi Dawa… Le champ est vaste, le glanage fructueux, mais la recherche doit être minutieuse.

Ainsi que le dit Terri Windling, « *les territoires de la* fantasy *sont aussi immenses et changeants que le royaume de Faërie des anciens contes* ».

Repères chronologiques

1165. Chrétien de Troyes, *Lancelot, le Chevalier à la charrette*
1485. Thomas Malory, *Le Morte d'Arthur**
1532. François Rabelais, *Pantagruel*
1697. Charles Perrault, *Contes de ma mère l'Oye*
1865. Lewis Carroll, *Alice au Pays des merveilles**
1871. Lewis Carroll, *De l'autre côté du miroir**
1894. Rudyard Kipling, *Le Livre de la jungle*
1900. L. Frank Baum, *Le magicien d'Oz**
1904. Lafcadio Hearn, *Kwaidan*
1906. Selma Lagerlöf, *Le merveilleux voyage de Nils Holgersson à travers la Suède**
1908. Graham K. Chesterton, *Le nommé Jeudi*
Kenneth Grahame, *Le vent dans les saules**
1911. James M. Barrie, *Peter Pan**
1919. James Branch Cabell, *Jurgen*
1926. A. A. Milne, *Winnie l'ourson**
1932. Robert E. Howard, *Conan**
1938. T. H. White, *Excalibur**
1939. Fritz Leiber, *Cycle des épées**

1946. Mervyn Peake, *Gormenghast**
1948. Tove Jansson, *Moumine le troll**
C. S. Lewis, *Narnia**
1954. J. R. R. Tolkien, *Le Seigneur des Anneaux**
1958. Philippa Pearce, *Tom et le jardin de minuit**
1961. Michael Moorcock, *Elric le nécromancien**
1964. Lloyd Alexander, *Chroniques de Prydain**
Thomas Burnett Swann, *Le jour du Minotaure**
1965. Dino Buzzati, *La fameuse invasion de la Sicile par les ours**
Susan Cooper, *The Dark is Rising**
1967. Gabriel García Márquez, *Cent ans de solitude**
Russel Hoban, *L'automate et son fils**
1968. Peter S. Beagle, *La dernière licorne*
Ursula K. Le Guin, *Terremer**
1970. Roger Zelazny, *Les neuf princes d'Ambre**
1972. Richard Adams, *Les garennes de Watership Down**
1975. Clifford D. Simak, *Le pèlerinage enchanté**
1976. Katharine Briggs, *A Dictionnary of Fairies**
1977. Stephen R. Donaldson, *Thomas l'incrédule**
Diana Wynne Jones, *Ma sœur est une sorcière**

1978. Tanith Lee, *Le Dit de la terre plate**
Michael Moorcock, *Gloriana ou La reine inassouvie*
1979. Poul Anderson, *Le dernier chant des sirènes*
Angela Carter, *La Compagnie des loups*
Michael Ende, *L'histoire sans fin*
Elisabeth A. Lynn, *Chroniques de Tornor**
1981. John Crowley, *Le parlement des fées**
Salman Rushdie, *Les enfants de minuit**
1982. Marion Zimmer Bradley, *Les dames du lac**
David Eddings, *La Belgariade**
Raymond E. Feist, *Chroniques de Krondor**
Barbara Hambly, *Les forces de la nuit**
1983. Steven Brust, *Jhereg**
Mark Helprin, *Conte d'hiver**
R. A. McAvoy, *Damiano**
Tim Powers, *Les voies d'Anubis**
1984. René Barjavel, *L'Enchanteur**
Robert Holdstock, *La forêt des mythimages**
Barry Hughart, *La magnificence des oiseaux**
Charles de Lint, *Moonheart*
1985. Dennis Schmidt, *Twilight of the Gods**
1986. Karen & Poul Anderson, *King of Ys**
Terry Bisson, *Homme qui parle**
Barbara Hambly, *Fendragon**

Megan Lindholm, *Wizard of the Pigeons**
Michel Pagel, *Les flammes de la nuit**
Geoff Ryman, *The Unconquered Country**
1987. Clive Barker, *Le Royaume des devins**
Orson Scott Card, *Chroniques d'Alvin le Faiseur**
Ellen Kushner, *Swordspoint**
1988. Michael Bishop, *Unicorn Moutain**
Jonathan Carroll, *Flammes d'enfer**
Raymond E. Feist, *Faërie, la colline magique**
Esther M. Friesner, *Elf Defense**
Esther M. Friesner, *Druid's Blood**
Tad Williams, *L'arcane des épées**
1989. Terry Pratchett, *Au guet**
1990. A. S. Byatt, *Possession**
David Gemmel, *Le Lion de Macédoine**
Guy Gavriel Kay, *Tigane**
Ellen Kushner, *Thomas le rimeur**
Terry Pratchett & Neil Gaiman, *De bons présages*
1991. Clive Barker, *Imajica**
Pamela Dean, *Tam-Lin*
Greer Ilene Gilman, *Moonwise*
Ben Okri, *La route de la faim**
1992. Clive Barker, *Le voleur d'éternité**
M. John Harrison, *The Course of the Heart*
1993. Peter S. Beagle, *The Inkeeper's Song**
Lisa Goldstein, *Les jeux de la Lune et du Soleil**

Thomas King, *Green Grass Running Water**
Michael Swanwick, *The Iron Dragon's Daughter**
1994. Paul Auster, *Mr Vertigo**
A. S. Byatt, *Le djinn dans l'œil du rossignol*
Elisabeth Hand, *L'éveil de la lune**
Sean Russel, *Moontide and Magic Rise**
Caroline Stevermer, *A College of Magics**
1995. Jack Cady, *The Off Season**
Vikram Chandra, *Red Earth and Pouring Rain**
Alice Hoffman, *Practical Magic**
Philip Pullman, *À la croisée des mondes**
Melissa Scott & Lisa A. Barnett, *Point of Hopes**
1996. John Barnes, *Le vin des dieux**
Kara Dalkey, *Blood of the Goddess**
Neil Gaiman, *Neverwhere**
Garry Kilworth, *The Navigator Kings**
Garry Kilworth, *La compagnie des fées**
G. R. R. Martin, *Le trône de fer*
Terri Windling, *The Wood Wife**
1997. Peter S. Beagle, *The Rhinoceros Who Quoted Nietzsche**
David Calvo, *Délius, une chanson d'été**
Charles de Lint, *Trader**
Patrick O'Leary, *The Gift**
Michaella Roessner, *The Stars Dispose**

J. K. Rowling, *Harry Potter à l'école des sorciers**
1998. Neil Gaiman, *Stardust**
Neil Gaiman, *Miroirs et fumée**
J. Gregory Keyes, *Les démons du Roi-Soleil**
James Stoddard, *The High House**
1999. Peter S. Beagle, *Tamsin**
Richard Grant, *In the Land of Winter**
Laurent Kloetzer, *La voie du cygne**

L'essentiel de la fantasy

En quatre-vingt-dix-neuf romans et recueils (plus un essai), un tour d'horizon de certaines des œuvres les plus attachantes dans tous les styles de ce vaste domaine.

Lorsque la traduction d'un ouvrage existe, j'ai indiqué l'édition française la plus courante après le titre et la date de parution de l'original. Nécessaires pour brosser un tableau cohérent du genre, certaines des œuvres étudiées ne sont pourtant pas encore traduites — le lecteur curieux trouvera donc en fin de chapitre quelques adresses de librairies susceptibles de lui fournir la matière de ses rêves.

Adams (Richard) : *Les garennes de Watership Down* (*Watership Down*, 1972 — J'ai Lu)

Les hasards de l'ordre alphabétique veulent que cette liste de lectures débute par l'un des romans les plus étranges du genre : l'odyssée d'un groupe de lapins à travers la campagne anglaise du Berkshire. Prévenu par une vision de son frêle ami Fiver, le jeune Hazel et quelques membres de sa garenne s'enfuient juste à temps pour échapper au gazage de toute leur communauté. S'ensuit la difficile quête du petit groupe à travers une nature hostile. Hazel et ses compagnons rencontreront notamment sur leur chemin une garenne aux visées expansionnistes et une autre aux aspirations philosophiques sous-tendues de manière morbide par une dépendance à l'homme. Tout le récit est traversé par les légendes que se racontent les héros — des mythes de la Création et du grand héros El-Ahrairah. L'anthropomorphisme des personnages est subtil, esquissant des mentalités entre le quasi-humain et une spéculation sur le mode de pensée de véritables lapins. Le rapport entre cet équilibre psychologique, le suspense de l'intrigue principale, et l'exotisme de la mythologie lagomorphienne, crée une tension remarquable tout au long du roman, lui conférant un charme unique et un souffle original. Premier roman de son auteur (américain), *Les garennes de Watership Down* connut immédiatement un succès colossal, d'ampleur mondiale. Il rencontra un terreau particulièrement fertile en Grande-Bretagne, où certains classiques de la littérature relevaient déjà de l'animalier : les *Livres de la jungle* de Kipling,

*Le vent dans les saules** de Kenneth Grahame, les *Winnie** d'A. A. Milne ou *Tarka the Otter* (1927) d'Henry Williamson. Un réalisateur anglais, Martin Rosen, adapta *Watership Down* sous forme d'un très beau long métrage d'animation (1978 — jamais exploité en France) et une vague de « *fantasy* animalière » se développa après le succès de Richard Adams. Citons par exemple *Le Bois Duncton* de William Horwood (*Duncton Wood,* 1980 — première partie d'une énorme fresque sur la vie secrète des taupes), *La légende du noble chat Fouette-queue* de Tad Williams (*Tailchaser's Song*, 1985 — une BCF féline), *Le rat Montagu* de Tor Seidler (*A Rat Tale,* 1986 — les déboires et tribulations d'un jeune rat new-yorkais), la saga de *Rougemuraille* de Brian Jacques (*Redwall,* à partir de 1986 — la chronique d'un monastère peuplé d'animaux parlants) et, surtout, les nombreux romans animaliers de Garry Kilworth. Deux œuvres non anglo-saxonnes présentent un réel intérêt : *La lune derrière les granges* de l'Allemand Erwin Moser (*Der Mond hinter den Scheunen*, 1982) et *Le chemin de Rungis* du Français Christian Léourier (1990). Pour sa part, Richard Adams continua à écrire, mais sans retrouver son succès commercial initial. *Les chiens de la peste* (*The Plague Dogs,* 1977) est un autre récit de *fantasy* animalière, consacré à des chiens échappés d'un laboratoire ; *La jeune fille à l'escarpo-*

lette (*The Girl in a Swing*, 1980) est une belle *ghost story* ; *Shardik* (1974) et *Maia* (1984) sont les récits légendaires, à deux époques différentes, d'un pays mythologique ; *Tales from Watership Down* (1996) se présente enfin comme un recueil de contes de la mythologie des lapins.

Alexander (Lloyd) : ***Chroniques de Prydain***
(1964-1968 — Livre de Poche « Jeunesse »)

Composées entre 1964 et 1968 par un écrivain américain, les ***Chroniques de Prydain*** figurent parmi les œuvres fondatrices de la *fantasy*. Située dans un « monde secondaire » fortement inspiré par le pays de Galles des légendes, cette suite de cinq romans (initialement écrite pour un public adolescent) débute sur un ton léger avec *Le Livre des trois* (*The Book of Three*, 1964). On y fait connaissance du jeune Taran, assistant porcher, de Hen Wen, un cochon doué de facultés divinatoires, et de leur maître, le sage Dallben (une figure archétypale de vieux magicien, rappelant le Merlin de T. H. White). L'intrigue emprunte des éléments au *Mabinogion*[1], en particulier le chaudron magique, et brasse quantité d'autres mythes celtes — dieux et créatures. Les volumes

1. Recueil de onze contes celtes médiévaux, basés sur la mythologie galloise.

suivants (*The Black Cauldron* [1965], *The Castle of Llyr* [1966], *Taran Wanderer* [1967] et *The High King* [1968]) se démarquent vite de la bonhomie de mise en littérature enfantine, et l'humour fait place à un excellent sens du suspense, des drames et des doutes, une véritable noirceur. Taran devient une figure tragique, devant non seulement affronter régulièrement des ennemis surnaturels mais également faire face à la pauvreté des gens de son peuple et à sa propre capacité à commettre des erreurs. Lloyd Alexander ne cherche pas à construire un pays de conte de fées, où tout serait beau et rose, mais convie ses lecteurs à réfléchir sur le pouvoir et la destinée. Bien que nos lecteurs ne le réalisent peut-être pas (le cycle d'Alexander étant méconnu en France), la *high fantasy* qui fait florès depuis les années 1970 n'est pas seulement héritière du *Seigneur des Anneaux** : ainsi Garion, le héros de David Eddings, n'existerait peut-être pas sans son illustre prédécesseur Taran.

Anderson (Karen & Poul) : ***King of Ys*** (1986-1988)

Autrefois, s'élevait sur les côtes du Finistère une grande et fière cité nommée Ys. La fille du roi Gradlon, Dahud, amena sur Ys une malédiction qui conduisit à l'engloutissement de la ville par les flots de l'océan. Aujourd'hui encore, les Bretons aiment à prétendre que Douarnenez (« terre nouvelle ») se nomme ainsi parce que jadis Ys se dressait là où se situe désormais la baie. Karen & Poul Anderson se sont attachés à réinventer cette légende, faisant d'Ys une ville fortifiée d'origine gréco-punique, en pleine période d'occupation des Gaules par l'Empire romain.

Fresque pseudo-historique pleine de bruit et de fureur, ***King of Ys*** (initialement publiée sous forme de quatre gros volumes) est une œuvre à la croisée des grands péplums et du souffle épique hérité de Tolkien. Emplie de personnages campés avec intelligence, elle emprunte ses éléments mythiques tant à la Matière de Bretagne qu'à la mythologie celte et au théâtre de Shakespeare.

Auster (Paul) : *Mr Vertigo* (Mr Vertigo 1994 — Actes Sud)

En 1927, aux États-Unis, un jeune garçon des rues est « adopté » de manière forcée par un prestidigitateur d'origine slave, Maître Yehudi. « Je vais t'apprendre à voler », lui promet le vieil Hongrois. Mais avant de maîtriser un tel art, il faut d'abord désapprendre tout le reste… Commence alors le calvaire de Walt, psychologiquement torturé par son étrange maître afin de devenir parfaitement malléable. Jusqu'au jour où le gamin va enfin se mettre à léviter ; suivront des tournées de plus en plus triomphales à travers les États-Unis, une nouvelle forme d'ascension, sociale cette fois. Mais l'heure de gloire de Walt sera de courte durée : sa puberté lui fera perdre tous ses pouvoirs. Retombé dans le ruisseau, Walt va entamer une tout autre ascension sociale, cette fois dans les rangs de la mafia de Chicago. Pour une nouvelle fois chuter — et tout recommencer.

Fort différent des autres romans de Paul Auster, *Mr Vertigo* s'impose comme une œuvre magique, touchée par la grâce d'un humour doux-amer et traversée par la puissante métaphore de l'envol. D'une atmosphère délicieusement surannée, « *dans un style à la limite de l'oralité gouailleuse, qui sied parfaitement au ton de l'autobiographie d'un ancien gamin des rues*[1] », *Mr Vertigo* illustre le réalisme magique dans toute sa force : l'examen de la réalité à l'aide du recul procuré par une part de mythe.

Barjavel (René) : *L'Enchanteur* (1984 — Gallimard « Folio »)

« *Il y a plus de mille ans vivait en Bretagne un enchanteur qui se nommait Merlin.* [...] *Quand*

1. P. J. G. Mergey, in *Faeries*, n° 2, septembre 2000.

il quitta le monde des hommes, il laissa un regret qui n'a jamais guéri. Nous ne savons plus qui est celui qui manque et que nous attendons sans cesse, mais nous savons bien qu'il y a une place vide dans notre cœur. »

Par un grand monsieur des lettres françaises (né en 1911, mort en 1985), surtout connu pour ses romans de science-fiction, *L'Enchanteur* se veut une nouvelle version du mythe arthurien, prenant Merlin comme figure centrale. Une version très orthodoxe dans son traitement des personnages, mais que le classicisme même rend d'autant plus attachante : prose limpide, lyrisme sans lourdeur emphatique, humour discret. Et classique, ce roman ne l'est d'ailleurs pas toujours : ainsi cette étonnante page vide indiquant « *à l'intérieur de cette page blanche Guenièvre et Lancelot s'aiment* » ou, vers la fin de l'ouvrage, les sauts de personnage en personnage. Parcimonieuses, ces fantaisies modernes n'en apportent que plus de fraîcheur à la sagesse globale du style de Barjavel.

Bien que la *fantasy* ait longtemps disparu de la tradition littéraire française, la Matière de Bretagne y est toujours demeurée vivace. C'est ainsi que Jacques Boulenger a publié en 1941 *Les romans de la Table ronde*, ou que Xavier de Langlais a écrit cinq volumes de son *Roman du roi Arthur* (1965). Le roman de René Barjavel s'inscrit parfaitement dans cette tradition.

Barker (Clive) : *Le Royaume des devins* (*Weaveworld,* 1987 — Pocket « Terreur ») et *Imajica* (*Imajica*, 1991 — Pocket « Terreur »)

D'abord connu comme un pur écrivain d'horreur, qui avait secoué le genre en 1984 avec ses premiers recueils (***Les livres de sang***), Clive Barker a progressivement évolué vers un fantastique plus visionnaire. Premier texte à en témoigner, *Le Royaume des devins* (1987) est un roman sur le mythe, une œuvre nous faisant toucher du doigt le Pays des merveilles — et ce que les humains en feraient s'ils avaient la possibilité d'en fouler le sol. Les Devins vivaient autrefois au sein de l'humanité mais, différents du fait de leurs pouvoirs magiques, ils faisaient l'objet de multiples pogroms. Ils se réfugièrent donc dans un monde parallèle, la Fugue, qu'ils tissèrent sous forme d'un tapis avec les éléments du monde qu'ils voulaient emporter avec eux — coin de rue, bout de verger, pré inondé, fontaine, etc. Mais ce tapis merveilleux attire bien des convoitises... *Le Royaume des devins* est certainement l'un des romans les plus originaux des années 1980, mêlant *fantasy* classique et horreur moderne avec autant d'enthousiasme que de virtuosité.

D'un souffle mythique plus puissant encore,

Imajica (1991) prend des accents d'épopée. Notre petite Terre n'est qu'un monde parmi les multiples univers parallèles existants, les Dominions. Un monde coupé des autres suite à l'échec de la Cérémonie de Réconciliation, tentée deux cents ans plus tôt. Seule une société secrète, la Tabula Rasa, connaît l'existence de ces multiples dimensions — mais elle complote pour garder notre Terre isolée de toute la magie qui irrigue ses voisins. Partant d'une trame typiquement *thriller* (un mari jaloux tente de faire tuer sa femme, l'amant cherche à la sauver, le tueur à gages s'échappe sans cesse), *Imajica* se révèle rapidement d'une complexité inhabituelle : accumulant de nombreux personnages aux psychologies fouillées, évoquant de nombreux mondes exotiques, explorant des complots aux motivations variées. Une richesse d'autant plus remarquable qu'elle est parfaitement maîtrisée.

Clive Barker devrait revenir prochainement à la *fantasy*, puisqu'il annonce que son ***Abarat Quartet*** (en cours d'écriture) relèvera exclusivement du genre — avec nombre d'éléments typiques du « retour aux sources ». À suivre, donc.

Barker (Clive) : *Le voleur d'éternité* (*The Thief of Always*, 1992 — Pocket « Junior »)

La vie d'un écolier n'est pas toujours drôle et en ce mois de février le petit Harvey Swick, dix ans, s'ennuie ferme. Les jours sont tous semblables, gris, froids, et même ses parents semblent se désintéresser de ses états d'âme. Février est un mois monstrueux : les plaisirs de Noël s'effacent déjà de la mémoire, alors que les joies de l'été semblent si lointaines qu'elles deviennent presque mythiques. Un soir de déprime, un étrange bonhomme apparaît à la fenêtre de la chambre d'Harvey, et lui demande s'il n'aimerait pas mieux vivre des aventures, s'amuser sans retenue. Curieux, vaguement inquiété par l'allure grimaçante de son visiteur, Harvey finit néanmoins par admettre l'intérêt de cette offre. Le visiteur, Rictus, repart, emporté par le vent nocturne. Il réapparaît une semaine plus tard et, lui faisant traverser un mur de brume, l'amène dans une maison de rêve.

Étrange demeure que celle de M. Hood : elle accueille seulement les enfants qui s'ennuyaient dans leur vie de tous les jours. Et les saisons s'y conduisent de manière merveilleuse : printemps le matin, été l'après-midi, automne en fin de journée (c'est Halloween tous les soirs), hiver le soir (c'est Noël toutes les nuits). Les premiers temps, le séjour d'Harvey chez M. Hood (qu'on ne voit jamais) se passe comme dans un rêve, de longues vacances imprévues. Et quand Harvey téléphone à ses parents, ceux-ci lui disent de bien s'amuser, de ne pas s'inquiéter pour l'école. Des zones d'ombre ne tardent pourtant pas à apparaître dans ce bonheur : les terreurs d'Halloween, d'abord, puis ce mystérieux lac au fond du parc, inquiétant, encombré d'algues, peuplé de gros poissons agressifs...

S'essayant au roman pour la jeunesse (et l'illustrant lui-même), Clive Barker a écrit un véritable petit bijou, subtilement équilibré entre la naïveté enfantine et l'obscure terreur des maléfices. Un roman si fort, plongeant si bien dans l'imaginaire, qu'on a l'impression à la fois de le découvrir... et de l'avoir toujours connu.

Barnes (John) : *Le vin des dieux* (*One for the Morning Glory,* 1996 — Rivages « Fantasy »)

Consternation dans le royaume : le jeune prince Amatus a bu un peu de vin des dieux ! Son côté gauche a immédiatement disparu : ne demeure plus que la moitié droite du corps du garçon, une absence étrange ayant remplacé le reste. Amatus grandit pourtant jusqu'à devenir roi, et semble pouvoir couler des jours paisibles — jusqu'à ce qu'une mystérieuse maladie se mette à décimer la population, une maladie que seul le toucher du roi paraît en mesure de faire reculer.

Versatile auteur de science-fiction, John Barnes s'est ici tourné vers un domaine qui est d'habitude celui de son épouse Kara Dalkey. Le résultat est un délice rare. Car au lieu de se moquer de la *fantasy*, comme tant d'humoristes, Barnes en fait une sorte de commentaire tendre et amusé. Point ici d'accumulations de jeux de mots, ni de personnages en carton-pâte juste bons à servir de prétexte à une comédie — les héros du *Vin des dieux* sont authentiquement touchants, attachants, vivants. Barnes réussit le tour de force de nous intéresser au sort de créations qu'il désigne pourtant ouvertement comme relevant de la fiction. Références et mises en abyme renforcent plutôt qu'elles n'affaiblissent ce roman où, comme Neil Gaiman dans *Stardust** ou Michel Pagel dans *Les flammes de la nuit**, l'auteur utilise comme décor *et* sujet la matière même des contes de fées. Le résultat est une œuvre peu orthodoxe, mais réellement enthousiasmante.

Barrie (James) : *Peter Pan* (1911 — nombreuses éditions)

Un archétype ne se crée par en un jour : c'est d'abord au cours des histoires qu'il racontait à George et Jack Davies, les deux enfants qu'il avait pris en amitié, que le dramaturge James M. Barrie créa le personnage de Peter Pan. Il s'agissait alors d'un bébé s'étant échappé de sa nurserie en volant, parce qu'il refusait de grandir.

Réfugié dans une île sur le lac Serpentine (dans le parc de Kensington Gardens à Londres), Peter Pan dormait dans le nid formé par un billet de cinq livres perdu par le poète Percy Shelley et était l'ami des oiseaux et des fées. Barrie introduisit ce conte dans son roman *The Little White Bird* (1902), puis le réédita isolément en 1906 sous le titre *Peter Pan in Kensington Gardens* (illustré par Arthur Rackham). Entre-temps, il avait rédigé une pièce pour enfants, *Peter Pan* (1903), où se mêlaient l'idée d'un enfant ne voulant pas grandir (non plus un bébé mais un jeune garçon) et les jeux que Barrie inventait pour les fils Davies (île perdue, pirates, chasse au trésor, etc). Ayant rencontré un immense succès, la pièce fut transposée par Barrie en roman, *Peter Pan and Wendy* (1911) — qui fut encore remanié à plusieurs reprises par l'auteur.

Brillante et subtile, l'œuvre de Barrie vaut bien plus que l'adaptation un peu mièvre réalisée par la firme Disney dans un film datant de 1953. Le lecteur découvrant pour la première fois le roman de Barrie sera peut-être surpris par son ironie mordante et par sa lucidité quant au caractère un peu cruel de Peter — qui est bien une sorte de fée, après tout, à la fois innocent et immoral, comme toutes les créatures de la Faërie. On y trouve de superbes moments de mélancolie et d'adorables passages de folie douce, en plus d'une histoire passionnante. « *Les livres pour enfants qui ont atteint le statut de classique sont ceux qui sont parvenus à créer un univers crédible, fascinant, unique, qui s'attachent à la mémoire du lecteur et s'y font une place, une île indéracinable*[1]. » *Peter Pan* et le Never-Never Land en font sans aucun doute partie. Ils demeureront la grande œuvre de Barrie : il s'y était particulièrement projeté, puisqu'il avait lui-même des difficultés (physiologiques et psychologiques) à se résoudre à « grandir...[2] » On regrettera qu'un tel ouvrage soit quelque peu oublié de nos jours, son charme partiellement occulté par les « produits dérivés » de Disney[3]. En revanche, il faut saluer le talent avec lequel Régis Loisel a littéralement réinventé *Peter Pan*, dans une série de cinq superbes bandes dessinées (1990-2001).

Baum (L. Frank) : *Le magicien d'Oz* (*The Wizard of Oz,* 1900 — Gallimard « Folio Junior »)

Arrachée par un cyclone aux tristes plaines poussiéreuses de son Kansas natal, Dorothy et

1. Patrick Marcel, in *Palimpseste Sporadique*, n° 1, septembre 1986.
2. Lire notamment *J.M. Barrie, le garçon qui ne voulait pas grandir* (1991), par François Rivière.
3. On regrettera aussi que les deux autres pièces magiques de Barrie, *Cher Brutus* (1917) et *Marie-Rose* (1924), ne soient plus disponibles aujourd'hui.

son chien Toto se trouvent projetés dans un pays des merveilles, Oz. Désireuse de rentrer chez elle, la petite fille va partir sur la route de briques jaunes, rencontrant en chemin divers personnages pittoresques comme l'épouvantail ou le bûcheron de fer-blanc, qui vont devenir ses compagnons de quête. Un début d'intrigue devenu particulièrement célèbre, qui ouvre une vaste et amusante saga.

Comme dans le cas de *Peter Pan**, le succès d'***Oz*** passa par le théâtre — avant d'être relayé par le cinéma (la célèbre comédie musicale de Victor Fleming, avec Judy Garland dans le rôle de Dorothy, date de 1939). Écrit en 1900 par L. Frank Baum, *Le magicien d'Oz* rencontre un succès renversant et sera adapté deux ans plus tard pour la scène. Nouveau succès : cédant à la pression populaire, Baum écrit un deuxième volume, *The Land of Oz* (1904). Il l'adapte également pour la scène, mais cette fois sans succès. Qu'importe : l'affaire est déjà lancée. Au point que Baum se retrouve prisonnier de sa création — comme Conan Doyle le fut de Sherlock Holmes ou Maurice Leblanc d'Arsène Lupin. Baum écrira sa vie durant les nouveaux romans d'Oz que les lecteurs ne cesseront de lui réclamer : *Dorothy and the Wizard of Oz* (1908), *The Road to Oz* (1909), *The Emerald City of Oz* (1910), *The Patchwork Girl of Oz* (1913), *The Sacrecrow of Oz* (1915), *Rinkittink in Oz* (1916), *The*

Lost Princess of Oz (1917), *The Tin Woodman of Oz* (1918), *The Magic of Oz* (1919) et *Glinda of Oz* (1920). Et sa création lui survivra : après son décès en 1919, Ruth Plumly Thompson fera perdurer la tradition du roman d'Oz annuel (elle en écrira vingt et un volumes, soit huit de plus que Baum lui-même). L'illustrateur John R. Neil en écrira également deux autres, et une poignée d'auteurs se succéderont ensuite, y compris Eric Shanower qui adaptera l'univers d'Oz dans les années 1980 sous forme de très respectueuses bandes dessinées.

« *Il y a de nombreux traits admirables dans les livres d'Oz de Baum, à commencer par leur charme indéniable — au sens magique du terme.* [...] *le style alerte, complice et jubilatoire de l'auteur, la débauche de créatures joyeusement incongrues que régente une logique particulière, maintiennent un intérêt qui ne faiblit jamais.* [...] *Sans prêche excessif, Baum montre des personnages hétérogènes, chacun unique en son genre, ravi de sa différence et conscient d'enrichir le pays d'Oz de sa seule présence*[1]. »

Beagle (Peter S.) : *Inkeeper's Song* (1993)

Trois figures féminines dominent ce roman : l'une est noire, l'autre châtain, la dernière blonde

1. Patrick Marcel, *op. cit.*

et pâle. Une sorcière, une guerrière et une jeune noyée. Poussée par un appel de détresse de son ancien maître, Lal la sorcière noire n'a pas hésité à se lancer sur les routes. Afin de prévenir toutes les embûches, elle a d'abord recruté une fameuse guerrière — ses muscles pourront faire merveille dans certaines situations —, puis elle a arraché une jeune fille aux flots d'une rivière — les pouvoirs visionnaires d'une semi-vivante pouvant s'avérer précieux.

Ce récit pourrait être simple, linéaire — et il l'est, en un sens : les trois femmes parviendront *in fine* à tirer le mage des griffes des démons de l'Enfer. Mais la narration est tout sauf directe : chaque chapitre est raconté par une personne différente — le fiancé de la noyée, le garçon d'étable, le patron d'une auberge, le renard familier de la guerrière, ainsi de suite. Un véritable tour de force narratif. D'autant que de fil en aiguille, le lecteur comprend qu'en fait de simple récit de quête, cette histoire est devenue une légende, racontée et déformée par des générations de bardes…

Bien que situé dans un monde pseudo-médiéval assez classique, et se fondant sur une structure de quête et de rédemption finale très archétypale, *Inkeeper's Song* apparaît comme un roman qui transcende les clichés de la *fantasy*. Par son étourdissante structure accumulative, par sa réjouissante verve narrative, par sa plongée dans l'esprit d'un grand nombre de personnages différents, ce roman magistral est une sorte de condensé du genre tout entier. D'une profondeur rarement égalée, d'une subtilité fascinante, *Inkeeper's Song* est l'une des plus belles œuvres de la *fantasy* moderne. Ni plus, ni moins.

Beagle (Peter S.) : *Tamsin* (1999)

Élevée en plein Manhattan par sa mère, Jenny se retrouve du jour au lendemain déracinée, perdue au milieu de la campagne anglaise en compagnie de son nouveau beau-père et affublée de deux frères adoptifs. Et pour ne rien arranger, la maison où ils atterrissent est une immense ferme à moitié en ruine.

Durant tous les travaux des premiers mois, une accumulation de petits événements bizarres amènent, au moins tacitement, la famille à accepter l'idée de l'existence des créatures magiques du Dorset… D'ailleurs, ne dit-on pas qu'aucune maison digne de ce nom ne saurait se priver d'un fantôme, dans cette région baignée de superstitions ancestrales ? Jenny finit par se trouver réellement confrontée au surnaturel : d'abord en la personne du *bogart* qui semait la pagaille dans la cuisine, puis de la plus ancienne locataire des lieux : Tamsin, fantôme de la fille du fondateur de la ferme.

L'enfant et le fantôme vont devenir amies, et se lancer peu à peu dans l'exploration de la vie nocturne du domaine : lutin donneur de conseils, *pooka* farceur, chien noir inquiétant, etc. Mais une mortelle ne peut devenir l'amie d'un(e) fantôme sans conséquences : des choses terribles sont éveillées par les promenades de Jenny et Tamsin, des augures sinistres sont dévoilés... Pourquoi Tamsin est-elle encore sur cette terre ? De quoi ne se souvient-elle pas ? Qui est « the Other One » ? Jenny devra résoudre ces énigmes pour protéger la ferme — et libérer Tamsin de sa malédiction.

Ce roman de Beagle est une vraie merveille, un bonheur de la première à la dernière page. Œuvre mêlant la tradition du « roman d'apprentissage », celle de la *ghost story* britannique traditionnelle, et celle de la *fantasy* urbaine (contemporaine, plutôt, puisque l'action se situe à la campagne), *Tamsin* semble également imprégnée de l'influence d'auteurs aussi typiquement anglais que Thomas Hardy, Elizabeth Goudge et Lucy Boston. À ces éléments classiques, Beagle ajoute un bagout américain actuel, un humour constant, les créatures féeriques de l'Angleterre rurale, et la forme du « journal d'adolescent ». Loin d'ajouter du recul ou de la froideur, ce dernier procédé littéraire ajoute encore du piment au récit — la réussite est complète.

Beagle (Peter S.) : *The Rhinoceros Who Quoted Nietzsche* (1997)

Grand maître de la *fantasy*, Beagle semble être à l'aise avec tous les aspects possibles du genre — y compris sous la forme de nouvelles. Car, à l'instar de sa cousine la science-fiction, la *fantasy* a développé au fil des ans un véritable art de la forme courte, où fleurissent de nombreux chefs-d'œuvre — en témoigne chaque année aux États-Unis la compilation de Terri Windling & Ellen Datlow *Year's Best Fantasy*, mais également de multiples anthologies, une bonne partie des textes publiés dans la revue *F&SF*, et bien d'autres supports encore... Le lecteur français se familiarisera avec l'art minimaliste de Beagle grâce au double recueil *La dernière chanson de Sirit Byar* et *Le magicien de Karakosk* (dans la collection « Présence du Futur » chez Denoël). Toutes situées dans le même monde que le roman *Innkeeper's Song**, ces nouvelles explorent plus avant un univers de fable, riche et coloré. Dans son autre recueil, *The Rhinoceros Who Quoted Nietzsche* (inédit en France), Beagle fait la preuve de sa maîtrise de *toutes* les autres nuances de la *fantasy*, avec notamment : « Professor Gottesman and the Indian Rhinoceros ». La première fois que le professeur Gottesman alla au zoo, il avait trente-quatre ans. Ainsi commence une longue et belle nouvelle sur l'amitié étrange qui naît entre un chercheur distrait et un rhinocéros indien (à une seule corne : l'animal prétend être une licorne), qui vient magiquement habiter chez lui. Ils vivront ainsi, ensemble, occupés par les choses de l'esprit et sans jamais évoquer leur amitié profonde, jusqu'à la mort du petit professeur. Rédigé comme un conte pour enfants, alors que l'auteur y traite de sujets tout à fait adultes, il s'agit d'une des plus belles nouvelles de *fantasy* jamais écrites.

« Come Lady Death » : Lady Neville est une grande dame de l'aristocratie anglaise, encore belle malgré son âge, célèbre pour l'extravagance de ses bals. Un jour, à cours d'idées originales pour animer ses soirées, elle décide d'inviter… la Mort ! Le coiffeur de Lady Neville ayant une petite fille mourante, Lady Neville le charge de remettre le carton d'invitation à sa fille, qui le transmettra à la Mort. Égoïste et cynique sans même s'en rendre compte : ainsi est Lady Neville. Le soir du bal venu, toute la noblesse londonienne se presse chez elle — à la fois émoustillée et extrêmement inquiète. L'invitée prestigieuse ne vient finalement qu'au petit matin, sous la forme d'une charmante jeune fille. À la fin du bal, la Mort décide de demeurer mortelle et propose que quelqu'un d'autre prenne sa place : ce sera bien entendu Lady Neville. Comme toujours chez Beagle, un charme faussement simple et naïf pour une fable glaçante et subtile — simplement superbe.

« Lila the Werewolf ». Lila, la nouvelle petite amie de Farrell, est une louve-garou. Farrell ne s'en inquiète pas outre mesure : il a l'esprit large… Deux autres personnes seulement connaissent le secret de Lila : son abusive de mère et son psychanalyste. Pourtant le concierge, un petit Balte furtif, l'a également appris, on ne sait trop comment — le poids des superstitions, sans doute. Une nuit de pleine lune, alors que Lila a perdu l'esprit sous les coups de butoirs de l'excitation sexuelle de sa part bestiale, le concierge part en chasse, décidé à tuer le monstre. Très étrange dans son ton faussement ordinaire, une nouvelle à l'humour grave (cet humour juif qui fait décidément merveille jusque dans les situations les plus absurdes, comme cette scène où Farrell tend sans se démonter le téléphone à la louve-garou qui vient d'arriver, en lui disant « c'est ta mère ») et à la fin douce-amère.

« Julie's Unicorn ». Les deux héros du roman *Folk of the Air*, Julie et Farrell, se retrouvent après des années de séparation. Dans un musée, ils tombent en admiration devant une tapisserie représentant une scène de chasse à la licorne — et Julie retrouve dans sa poche la petite licorne de la tapisserie, devenue bel et bien vivante. Ils finiront par convaincre la créature de retourner dans son tableau, en rectifiant la torture à laquelle elle était soumise depuis des siècles. Une *fantasy* contemporaine aux personnages admirablement bien campés, à l'ambiance légère, sur un thème ayant finalement plus à voir avec l'exploitation des faibles et des innocents qu'avec la légende traditionnelle des licornes. Encore une réussite[1].

Bishop (Michael) : *Unicorn Mountain* (1988)

Libby menait une existence tranquille dans les montagnes du Colorado, jusqu'à ce qu'elle commence à voir des licornes. De véritables licornes, des chevaux blancs portant une corne unique sur le front, comme dans les légendes. Rares, ses observations sont pourtant indubitables.

Bo les a vues lui aussi : installé chez Libby depuis qu'il a le sida et parce qu'il ne savait pas vers qui d'autre se tourner, Bo commence pour sa part à recevoir des émissions de télévision… étranges ! Des émissions animées par des personnes mortes, où l'on parle notamment de la maladie qui décime les troupeaux de licornes.

Que se passe-t-il exactement ? Comment la réalité objective peut-elle être contaminée par le

1. Parue en France sous le titre « Julie et sa licorne », in *Faeries*, n° 2, septembre 2000.

mal qui ronge Bo, comment des licornes venues d'une autre dimension peuvent-elles trouver refuge au Colorado ?

S'emparant d'une des créatures mythiques les plus lourdement chargées de symboles (y compris jusqu'au ridicule : peu d'auteurs osent encore mettre en scène des licornes, tant celles-ci ont été caricaturées), Michael Bishop suit son bonhomme de chemin comme si de rien n'était. Comme si les thèmes qu'il mêle avaient toujours été destinés à se rencontrer. Bishop est l'un des talents les plus originaux de la science-fiction nord-américaine et lorsqu'il écrit de la *fantasy* c'est en conservant sa propre voix : celle d'un auteur sans compromis, sans plan de carrière, poussé seulement par sa propre inspiration. Étonnamment harmonieux, poignant, vibrant de réalisme (paradoxal), *Unicorn Mountain* est un roman qui demeure longtemps à l'esprit après sa première lecture.

Bisson (Terry) : *Homme qui parle* (*Talking Man*, 1986 — Bifrost/Étoiles Vives)

« *Il existe deux façons de reconnaître un sorcier. La première, c'est à la lumière bleue qui joue autour de ses pneus quand l'asphalte est humide et qu'il se dirige vers le nord, sous une aurore boréale, les phares pointés vers le sommet du monde dont parlent tant de gens, mais que si peu ont réellement vu.*

L'autre, c'est à son chant.

Beau Parleur était un sorcier qui possédait une petite casse de voitures à flanc de colline sur la frontière entre le Kentucky et le Tennessee. Il vendait des pièces détachées et des voitures, troquait des armes et des voitures, réparait du matériel agricole et des voitures, déterrait ginseng et podophylles à la saison, et disposait d'un lopin de onze cents livres de tabac burley, *dont il laissait la culture à sa fille. Il ne possédait ni volaille, ni cochons, ni chien.* »

Hasard de l'ordre alphabétique : voici un auteur de la trempe de Michael Bishop ; un autre de ces fabulistes américains, excentriques et passionnants, pour qui les États-Unis eux-mêmes sont un territoire mythique (voir également Jack Cady, un peu plus bas). *Road story* magique, ode lyrique aux merveilles de l'automobile et des *highways*, *Homme qui parle* fonce à travers les États (et leurs versions de plus en plus parallèles / étranges) jusqu'à la forteresse qui se dresse à la fin des temps — et au pôle Nord. Seul Roger Zelazny, certainement, avait réussi avant Bisson à faire œuvre de *fantasy* aussi inventive et prenante : une comparaison valant sans doute tous les compliments possibles.

Bradley (Marion Zimmer) : *Les dames du lac (The Mists of Avalon*, 1982 — Pocket)

La légende d'Arthur et des chevaliers de la Table ronde, vue à travers les yeux des trois femmes du cycle : la fée Morgane, la reine Guenièvre et la fée Viviane. Aujourd'hui, une telle idée semblerait assez banale. Mais lorsque Marion Zimmer Bradley écrivit *The Mists of Avalon*, en 1982, la thématique arthurienne n'avait pas encore fait son entrée en force dans le domaine de la « *fantasy* étiquetée comme *fantasy* » (par opposition à la « littérature générale », où des ouvrages arthuriens ont toujours existé). La grande originalité de l'autrice fut aussi de franchir le fossé qui séparait la légende de la réalité historique : elle brossa le portrait le plus réaliste possible de l'époque d'Arthur (c'est-à-dire de l'époque suivant le retrait des légions romaines de l'archipel britannique). Et en choisissant le point de vue des femmes, elle adopta une profondeur psychologique et un féminisme qui n'avaient jamais encore été appliqués à la Matière de Bretagne.

Son succès fut immédiat, énorme.

Pourtant, l'éditeur français (Pygmalion / Gérard Watelet) n'y croyait pas vraiment : il acheta l'œuvre de Bradley mais la fit couper en deux par son traducteur, qui dut manipuler le découpage du roman et « inventer » une scène finale afin de justifier la publication de cette seule première partie.

Bien entendu, *Les dames du lac* rencontrèrent un grand succès et la seconde partie fut publiée, sous le titre *Les brumes d'Avalon*. C'est toujours ce découpage arbitraire qui demeure disponible en France : on est en droit de regretter qu'une traduction plus fidèle à l'œuvre originale n'ait jamais été réalisée.

L'autrice a ensuite donné plusieurs suites à son chef-d'œuvre — il n'est pas certain que leur lecture soit vraiment nécessaire. Mais *The Mists of Avalon* demeure une grande et belle œuvre.

Briggs (Katharine) : *A Dictionnary of Fairies* (1976)

L'archipel britannique est fertile en traditions surnaturelles et c'est dans le cadre d'un travail très universitaire que Katharine Briggs avait débuté la nomenclature qui devait la mener quelques années plus tard à publier *A Dictionnary of Fairies*. Depuis *Abbey lubber* (des démons mineurs censés induire les moines en tentation vers la gloutonnerie, l'ivrognerie et la paresse) jusqu'à *Young Tam Lin* (une des plus fameuses ballades féeriques), sont répertoriées savamment et par ordre alphabétique les créatures mythiques qui hantent ou hantèrent la Grande-

Bretagne et l'Irlande, de même que les lieux, les chants et les personnages importants de ce folklore. Nombre d'illustrations classiques sont incluses, afin d'aérer un peu un texte très dense. N'allez pas croire pour autant qu'il s'agit là d'un ouvrage aride : Katharine Briggs (qui a également écrit quelques romans) nous conte les légendes attachées à chacune des entrées du dictionnaire, elle cite des ballades, retranscrit des textes médiévaux… *A Dictionnary of Fairies* s'avère une formidable source de documentation, un puits de science du merveilleux, un extraordinaire condensé de légendes. À feuilleter un tel ouvrage, on se prend à rêver aux milliers de nouvelles et de romans qui pourraient prendre forme à partir de ces croyances ancestrales. Chaque entrée renvoie au moins à une autre, le tout se mêle, jusqu'à former une image globale d'un archipel britannique parallèle — celui des ***Songs of Earth and Power*** de Greg Bear, du *Faërie** de Raymond Feist ou de *La compagnie des fées** de Garry Kilworth, pour ne citer que trois des nombreuses œuvres ayant directement utilisé cette matière légendaire.

Brust (Steven) : ***Jhereg*** (à partir de 1983)

Vlad Taltos est un humain, dans un monde dominé par un peuple reptilien, les Dragaerans. Sa profession ? Tueur à gages.

Les humains comme Taltos n'ont généralement qu'un rôle subalterne dans la cité d'Adrilankha, notamment parce qu'ils n'ont pas de pouvoirs magiques. Allié avec une sorte de petit dragon, Taltos survit tant bien que mal dans un univers violent, noir, sur fond de magouilles politiques et d'enquêtes policières. Nettement plus antihéros que sauveur de monde, Taltos est pourtant un personnage attachant ; l'auteur l'a développé au fil des volumes : « *La série que j'écris a commencé comme une envie de me faire plaisir, et je pense que cette pulsion est une façon très raisonnable de commencer un bouquin, du moment qu'on ne s'arrête pas là. Après un premier livre, avec juste des épées et des capes, je voulais plus. Mes personnages évoluent, aussi bien au sein d'un même récit que — de manière plus évidente – au cours de la série, parce que je me barberais autrement. Si rien ne change, à la fois dans le décor et dans les personnages, au moment où le livre finit, je me sens volé sur la marchandise. Les changements dans l'environnement, les personnages et la tête du lecteur sont l'un des niveaux les plus importants du* "achtement bien". *Ça tient dans le plaisir de conduire le lecteur au travers d'une expérience*[1]. »

1. Steven Brust, « La théorie "*achtement bien*" de la littérature », in *Yellow Submarine*, n° 129 (*Les sentiers de la Faërie*), Bifrost / Étoiles Vives, 1999.

En digne héritier de Fritz Leiber, Steven Brust surprend constamment son lecteur, sa saga ne tient pas en place, passant du récit policier à la comédie, du drame à l'aventure... La meilleure littérature populaire est justement celle-là : une littérature d'évasion qui ne prend jamais son lecteur pour un imbécile.

Buzzati (Dino) : *La fameuse invasion de la Sicile par les ours* (*La famosa invasione degli orsi in Sicilia,* 1965 — Gallimard « Folio Junior »)

Ils sont descendus des montagnes. Les ours. Et ils se sont installés dans toute la Sicile, bâtissant un grand royaume sans se soucier des humains. Purs, innocents, les ours ont découvert la civilisation. Et les choses ont commencé à mal tourner : semblant aller de pair avec la sophistication civilisée, allaient la corruption et l'hypocrisie. Manipulant le roi Léonce, un souverain aussi bon que naïf, le grand-duc entretenait des ambitions funestes...

Une étonnante fable de l'écrivain italien Dino Buzzati. Ouvertement destinée au jeune public, elle traite en fait avec maturité des tentations et des pièges du pouvoir. Intemporelle comme un récit de *Babar*, elle y ajoute la profondeur d'un regard politique. Un seul regret : qu'il n'existe plus en France, actuellement, d'édition grand format de ce livre, pouvant rendre pleinement justice à ses illustrations (réalisées par Buzzati lui-même).

Byatt (A. S.) : *Possession* (*Possession : A Romance*, 1990 — Livre de Poche)

Roland Mitchell est un universitaire dont les recherches se concentrent sur un unique petit écrivain anglais du XIXe siècle, Randolph Henry Ash. Un auteur obscur, certes, mais dont la carrière éclaire tout un pan de la littérature : contemporain de deux générations de grands artistes (Wordsworth, Coleridge, de Quincey, Lamb, Mme de Staël, Goethe, Schiller, Tennyson, etc.) il les a côtoyés, a été leur ami, leur correspondant.

Jusque-là tranquille, enfouie dans les vieux tomes, la vie de Roland va se trouver bouleversée par la découverte d'une référence à une mystérieuse correspondante d'Ash, Christabel LaMotte — et de constantes allusions à l'existence des fées. Il va devoir travailler avec Maud Bailey, une autre chercheuse, spécialiste de LaMotte. Ensemble ils vont décrypter à la fois les mystères de l'existence d'Ash et LaMotte, et de leur propre vie.

Fantasy, réalisme magique, littérature ? Sans

souci d'étiquette, *Possession* (qui obtint le prix Booker en 1990 — un grand prix littéraire décidément très porté sur la littérature mythique) relève d'un peu tous ces domaines, mais il en présente également un commentaire astucieux. Proche des trilogies du Canadien Robertson Davies, cette œuvre d'A. S. Byatt est aussi inclassable, aussi touffue, aussi incroyablement réjouissante… alors que son sujet n'est pourtant que l'aride vie universitaire. Une réussite hors catégorie.

Cady (Jack) : *The Off Season* (1995)

« *En octobre 1888, alors que la Maison Starling se dressait flambant neuve et embaumant la peinture fraîche, on découvrit August Starling en grand habit de soirée, dansant sur la mélodie tintinnabulante d'une boîte à musique autrichienne. Sa partenaire portait une longue robe du soir, sobre mais ravissante, ce qui n'offrait pas en soi matière à scandale, ni à frayeur. Pourtant, certains furent effarés et d'autres troublés, parce qu'elle était morte. Starling dansait avec un cadavre. Scandale supplémentaire, ce cadavre n'était pas sa femme.* »

Petite ville nichée sur la côte nord-ouest des États-Unis, Point Vestal n'est pas exactement un endroit ordinaire. Par exemple, ses habitants sont des Victoriens. Derniers représentants de la morale de la fin du XIXe siècle, ils conservent avec fierté les valeurs à la fois puritaines et excentriques de la société mise en place par la reine Victoria. À Point Vestal, ce que l'on connaît de plus osé est une attitude... édouardienne. Paradoxale, une ville victorienne en pleine Amérique de la fin du XXe siècle ? Pensez donc ! À Point Vestal, les époques se mélangent et le temps se prend les pieds dans le tapis : il est possible de croiser aussi bien un couple de 1947 qu'un jeune marié de 1893. Le presbytère ne cesse de changer de place (en emportant avec lui les arbres dans son jardin), les fantômes des Chinois noyés sortent de l'océan à chaque nouvel an chinois, un marin se suicide bruyamment tous les jours à quatre heures : Point Vestal est une ville qui sait ce que « hanté » veut dire. Lorsque les pionniers blancs arrivèrent dans la région, ils demandèrent aux Indiens où ils pouvaient s'installer et ceux-ci leur désignèrent un endroit de la côte en disant simplement « Prenez ça. Nous n'en voulons pas. C'est un endroit maudit. »

Entre l'histoire du prêtre itinérant qui débarqua un jour de 1973 à Point Vestal, celle du sympathique psychologue tueur en série Kune, et celle des cinq rédacteurs collectifs du roman,

Jack Cady (un vieux roublard de la littérature du terroir américain) divague tranquillement, tendre et amusé. On pense à Richard Brautigan et à Mark Twain, mais aussi à Lovecraft et à García Márquez. Œuvre d'*un* original plutôt que roman original, devrait-on dire.

Calvo (David) : *Délius, une chanson d'été* (1997 — Mnémos)

Nous sommes à la fin du XIXe siècle, en France. Un tueur en série laisse derrière lui des victimes mortes de rire, et signe ses forfaits d'une petite sculpture végétale. Hélas, Arthur Conan Doyle est bien placé pour savoir que Sherlock Holmes ne risque pas de pouvoir enquêter sur l'affaire. C'est donc un excentrique botaniste marseillais, Bertrand Lacejambe, qui va s'y risquer. En compagnie de son compagnon Fenby, qu'autrefois une rencontre avec les fées a laissé quelque peu… désemparé.

Le premier roman de David Calvo, l'une des plus remarquables œuvres françaises de *fantasy* parues ces dernières années, brasse des éléments pour le moins étranges : le compositeur Frédérick Délius, des fleurs inconnues, des ramoneurs félons, des mouettes, des fées, des tasses de thé… et beaucoup d'autres choses encore. Mais qu'importe : l'auteur, qui à l'instar de Fenby est certainement resté un peu fêlé suite à une rencontre féerique, semble trouver un ordre naturel dans ce qui pourrait (devrait) n'être qu'un chaos bon enfant.

Depuis, Calvo a publié des nouvelles dans nombre d'anthologies — des histoires de grenouilles, de pirates, de jabules, de chasseurs de nuages ou de bonshommes de neige, et le non moins singulier roman *Wonderful*. Excentrique ? C'est peu de le dire. Mais talentueux, sans aucun doute.

Card (Orson Scott) : ***Chroniques d'Alvin le Faiseur*** (à partir de 1987 — Folio SF et L'Atalante)

La révolution industrielle n'a jamais eu lieu, la colonisation de l'Amérique du Nord n'a guère progressé et les États-Unis n'ont jamais été fondés. À leur place, sur toute la côte Est, se bouscule une profusion de petits États, de comptoirs et de communautés indépendantes. Menacée dans la vieille Europe par l'avancée de la science et par le puritanisme cromwellien, la magie existe toujours sur l'autre continent. C'est pourquoi ceux qui avaient un talent y ont émigré en masse.

Sur ces prémisses intéressantes, Card a érigé une saga pseudo-historique sur le destin d'Alvin, septième fils d'un septième fils. Une sorte de *Petite maison dans la prairie* (je fais ici référence aux véritables récits de Laura Ingalls Wilder, pas à la mièvre série télé) remarquablement transcendée par un mélange inédit de magie et d'uchronie. Mormon, Card utilise bien sûr l'histoire et la symbolique de sa religion pour nourrir son récit, mais avec une subtilité qui en gomme tout aspect didactique ou militant. La saga d'Alvin n'est pas toujours prenante, elle véhicule un message globalement réactionnaire — et pourtant, ses nombreux moments de grâce en transcendent les aspects les moins plaisants.

Carroll (Jonathan) : *Flammes d'enfer* (*Sleeping in Flame*, 1988 — Albin Michel)

Walker Easterling est un Américain vivant à Vienne. Il écrit ou « répare » des scripts et tourne parfois dans des petits films. Son divorce l'a laissé dans un état de fragilité extrême — jusqu'au jour où, grâce à leur ami commun Nicholas Sylvain, il rencontre l'épatante Maris York. Mais alors même que Walker semble devoir retrouver une certaine stabilité émotionnelle, sa vie commence à dérailler. Des détails étranges glissent dans la réalité, déstabilisants : une tombe portant son portrait, deux vieilles femmes incompréhensibles, un homme qui passe sur une bicyclette en hurlant des imprécations… Le passé de Walker ressurgit peu à peu, le faisant basculer vers le côté « inquiet » de la réalité…

Le style de Carroll est un véritable délice : humour tendre et chaleureux, lumineuse compréhension de la psychologie des personnages, constantes trouvailles stylistiques, plaisir évident à décrire Vienne. Incomparable, inclassable, unique, Jonathan Carroll n'écrit jamais que du Jonathan Carroll : une littérature attirée par les aspects inconnus de l'existence, par la magie, par la puissance du rêve et par celle des contes européens. C'est bel et bien de *fantasy* qu'il s'agit — mais d'une *fantasy* en décors contemporains, où une kyrielle de personnages (qui se croisent et se recroisent au fil des romans) forment les motifs d'un puzzle inconnu, dans un monde où la magie n'est jamais bien loin de la surface des choses.

« *Je crois que la plupart des écrivains s'adressent soit au cœur soit aux tripes. J'essaie de m'adresser au "Oh". Ce que j'entends par là, c'est que, si je réussis mon coup, le lecteur parvient à un certain point du roman où il se dit "Oh ? Qu'est-ce qui se passe ?"* […] *Dans la plupart de mes livres, il y a une grande question, et le fantastique l'amplifie, et j'espère que la* fantasy *crée un effet de stéréo, si bien qu'on atteint le "Oh".* […] *Pour moi, ça joue un peu le rôle du piment de Cayenne. Ça rehausse la saveur de la viande et ça peut vous brûler la langue*[1]. »

Si *Le pays du fou-rire* (*The Land of Laughs*, 1980 — où un fan découvre la réalité piégée du village natal de son écrivain favori, un décalque de L. Frank Baum) et *Os de lune* (*Bones of the Moon*, 1987 — où une femme passe dans ses rêves dans un pays merveilleux, Rondua) semblent les plus directement fantastiques des romans de Carroll, c'est bien toute son œuvre qui ne cesse de basculer dans l'univers des contes de fées. Des contes rarement rassurants, dont les fins, même lorsqu'elles sont heureuses, semblent toujours provisoires. Protagoniste ou lecteur : personne ne ressort intact d'un roman de Carroll.

Carroll (Lewis) : ***Alice*** (1865 et 1871 — nombreuses éditions)

Mathématicien et logicien à l'université d'Oxford, le révérend Charles L. Dodgson préférait (comme son contemporain James Barrie) la compagnie des enfants à celle des adultes — des petites filles, en ce qui concernait Dodgson. S'inspirant des récits fantastiques qu'il avait inventés pour la distraction de la jeune Alice

1. Entretien avec Darrell Schweitzer, in *Yellow Submarine*, n° 127 (*Dossier Fantasy*), Bifrost / Étoiles Vives, 1998.

Liddel, le bon professeur réalisa tout d'abord un mélange de prose et de dessins (*Alice's Adventures Under Ground* — écrit vers 1862-1863, publié en fac-similé en 1886), puis étendit la matière de ce récit à la longueur d'un roman, *Alice au Pays des merveilles* (*Alice in Wonderland*, 1865), publié sous le pseudonyme de Lewis Carroll. Une suite paraît en 1871, plus originale encore : *De l'autre côté du miroir* (*Through the Looking Glass*). Révolutionnant tout à la fois la logique traditionnelle, les règles habituelles de la construction d'un récit pour la jeunesse et les attentes bien-pensantes des adultes, les romans de Carroll connurent un succès inattendu. D'une grâce formidable, d'un humour tordu qui n'a absolument pas vieilli aujourd'hui, d'un *non-sens* savoureux, ces deux romans sont inscrits durablement dans le patrimoine littéraire de l'humanité.

Aux aventures d'Alice dans l'univers étrange qui se cache sous la terre, puis à celles plus illogiques encore du monde inversé de l'autre côté du miroir, Lewis Carroll fit ensuite son possible pour donner un successeur tout aussi original et puissant. En effet, considérant que les formes qu'il avait inventées dans les deux *Alice* étaient désormais bien connues (et souvent imitées), Carroll souhaitait renouveler encore le genre de la littérature fantastique pour enfants. Ce fut

Sylvie et Bruno (*Sylvie and Bruno*, 1889, et *Sylvie and Bruno Concluded*, 1893), roman complexe aux visées philosophiques, de construction sans doute trop pesante, qui échoua à retrouver le succès d'Alice. Pourtant, « Sylvie et Bruno *inaugure un genre exceptionnellement neuf : deux histoires s'y trouvent superposées, l'une errante, sinueuse, apparemment "non sensique" qui remonte les fantasmes de l'enfance, l'autre traditionnellement encombrée du monde dit sérieux, récit d'intrigues amoureuses ou politiques que déjoue l'ironie de l'auteur. Situations ou événements s'enchaînent par une vaste gamme de procédés dont l'originalité est très forte* [1] ».

Chandra (Vikram) : *Red Earth and Pouring Rain* (1995)

Depuis *Les enfants de minuit** de Salman Rushdie, on attendait que l'Inde nous offre un autre grand roman de réalisme magique. Voilà qui est chose faite avec *Red Earth and Pouring Rain*. Pour son premier roman, Vikram Chandra n'a pas hésité à être ambitieux, puisqu'il prend prétexte d'un récit construit comme les *Mille et Une Nuits* pour brosser (à la fois) la saga de son pays

1. Présentation de la traduction du Seuil, par Fanny Deleuze.

durant le XIXe siècle, les aventures d'un jeune homme traversant le sous-continent en voiture, et un grand nombre de légendes. Moins politique que Rushdie, plus voluptueux, plus baroque, Chandra est un fabuliste impressionnant.

Son deuxième ouvrage, *Love and Longing in Bombay* (1997), réunit cinq longues nouvelles où se mêlent histoires de fantômes (la cruelle et poignante « Dharma »), intrigues sentimentales et enquêtes policières.

Cooper (Susan) : ***The Dark is Rising*** (1965-1977)

Over Sea Under Stone (1965) débute sur des prémisses familiers : un groupe d'enfants en vacances, un chien, un vieil oncle mystérieux — voilà qui rappelle, au choix, le *Club des Cinq* d'Enid Blyton (sauf qu'ils sont trois) ou *L'armoire magique* de C. S. Lewis. La ressemblance avec l'œuvre de ce dernier est encore renforcée lorsque les enfants découvrent une porte derrière... une armoire ! Mais là s'arrête la comparaison. Car le vieil oncle, Merryman Lyon, n'est autre qu'une vieille connaissance légendaire (Merlin, pour ne pas le citer), qui conduira les trois jeunes héros à la recherche d'un nouveau Graal... L'ambiance fantastique est soutenue avec un grand talent au fur et à mesure de cette lutte des forces de la Lumière contre celles de l'Obscurité. L'étrangeté des adversaires, la peur des nuits dans ce petit port de Cornouailles, la noblesse du professeur Lyon, la tension dramatique et la beauté stylistique : l'œuvre est ambitieuse, allant dès ce premier tome bien au-delà de la « simple » littérature pour adolescents.

Une ambition plus visible encore dans le second volet, *The Dark is Rising* (1973 ; paru en France dans les années 1970 sous le titre *L'enfant contre la nuit*, chez Robert Laffont « Âge des étoiles » — c'est hélas le seul roman du cycle traduit à ce jour). Un hiver maléfique gèle par endroits le monde autour du jeune Will Stanton, la peur monte lentement, fascinante, incompréhensible… L'Obscurité revient !

Greenwitch (1974) nous permet de retrouver le petit port de Cornouailles et les trois enfants du premier tome, en compagnie de Merryman Lyon et de Will Stanton. L'autrice y fait davantage encore usage d'éléments légendaires celtiques pour étoffer son intrigue, ce qui nous vaut de superbes passages, tels que la construction de la « Sorcière Verte », ou la rencontre des deux Grands Anciens avec les forces de la mer. *The Grey King* (1975) et *Silver on the Tree* (1977) achèvent la série, avec les mêmes qualités narratives et descriptives que précédemment, pour aboutir à une défaite de l'Obscurité qui ne suppose pas vraiment une victoire de la Lumière.

Comme lors de chaque bataille entre les deux forces éternelles…

La puissance d'évocation de Susan Cooper, son style poétique, son usage des mythes de Cornouailles et du pays de Galles font de ***The Dark is Rising*** un grand moment de littérature magique. Particulièrement notable est le personnage de Will, à la fois petit garçon et porteur d'une sagesse millénaire ; son mélange d'innocence enfantine (sans mièvrerie) et de sophistication en font une figure unique et passionnante, plus compréhensible et donc plus touchante que Merlin, toujours lointain et retiré.

Crowley (John) : *Le parlement des fées* (*Little, big*, 1981 — Pocket « Fantasy »)

Smoky Barnable vient à Edgewood pour se marier avec une des filles de la famille Drinkwater. Vaguement anxieux de devoir ainsi se présenter devant toute sa belle-famille, il ne sait pas qu'il va au-devant de choses bien plus étranges encore. Car Edgewood n'est pas un domaine ordinaire. Edgewood est plus vaste de l'intérieur que de l'extérieur. On y vit plus longtemps. On y consulte parfois une truite savante. Et surtout : on y fait partie du Conte.

Lentement, Smoky Barnable va s'installer dans cette nouvelle vie. S'installer, pas vraiment s'y intégrer. De temps à autre, un élément étrange lui rappelle qu'à Edgewood les choses ne sont jamais tout à fait ce qu'elles semblent être : ainsi cette photo dans un vieil album, où l'on peut distinguer… un elfe ?

Le parlement des fées n'est pas un roman d'aventure. C'est *une* aventure en soi. Ou plutôt : c'est « le Conte ». Il se savoure comme un bon thé : subtil, doux, excitant, faiblement parfumé, sa saveur semble toujours prête à se révéler puis se dérobe subitement. Rien n'est vraiment offert dans *Le parlement des fées.* Tout doit se deviner, se gagner, à force d'attention et de patience. Avec pour seule récompense une vision fugitive de la féerie et un bonheur diffus, comme une douce chaleur automnale qui gagne le lecteur.

Le parlement des fées est, au sein de la *fantasy* américaine, une sorte de monument. Unique et sans pareil, intriguant et incontournable[1].

Dalkey (Kara) : ***Blood of the Goddess*** (*Goa* [1996], *Bijapur* [1997], *Bhagavati* [1999])

Chargé par son maître de se rendre aux Indes, Thomas Chinnery (le jeune assistant d'un apo-

1. Un regret : la médiocrité de la traduction française ne rend pas justice au raffinement du style de l'auteur.

thicaire anglais, au XVe siècle), va se retrouver plongé dans le tumulte d'un acte de piraterie, puis échapper à l'Inquisition catholique de Goa, avant d'être happé par les mystères divins du sous-continent...

En une trilogie, Kara Dalkey réinvente avec brio le récit historico-exotique : les délices kitsch des aventures en mer, des pirates et des contrebandiers, des sectes secrètes, des tueurs masqués, des drogues mystérieuses, des jungles profondes et des colonies lointaines... Le tout épicé de magie, puisqu'une déesse semble de retour en Inde...

Formidablement enlevés, parfaitement écrits, ces trois romans se lisent de bout en bout avec délectation. Kara Dalkey fait partie des Scribblies, mouvement littéraire qui prône le retour à une littérature débarrassée de ses préjugés commerciaux *et* intellectuels, afin de retrouver le simple *plaisir de lire* (et d'écrire). Et tout comme Steven Brust (un autre Scribbly), elle y parvient avec une admirable aisance.

De Lint (Charles) : *Trader* (1997)

Un fameux luthier et concepteur de guitares, Max Trader, se réveille un matin... dans la peau d'un autre ! En l'occurrence, dans celle d'un *loser*, une petite frappe nommée Johnny Devlin.

Qui ne sait pas du tout comment ni pourquoi l'échange de corps s'est fait, mais qui n'a absolument pas l'intention de rendre sa vie à Max. Ce dernier se retrouve rapidement à la rue, l'appartement de Devlin ayant été confisqué avec toutes ses affaires. Devenu SDF, Max essaye de survivre, choqué, perdu, bousculé par les restes des émotions de Devlin qu'abrite encore son corps (la colère, surtout)...

Charles de Lint a toujours écrit de la *fantasy* urbaine, mais il a choisi en plus, depuis quelques années, de situer tous ses récits dans une seule et même cité imaginaire d'Amérique du Nord, Newford. Le procédé tend à rendre plus universelles ses fictions (romans et nombreuses nouvelles), mais également à les rendre plus familières au lecteur fidèle à son œuvre : on retrouve de texte en texte les mêmes personnages secondaires, qui se croisent, prennent de l'importance dans un récit puis ne font que passer dans un autre. Jamais encombrant, cet aspect presque *soap opera* de ***Newford*** n'empêche nullement le lecteur d'entrer dans l'œuvre de Charles de Lint par le texte de son choix, et donne à l'ensemble une unité, une profondeur supplémentaire, particulièrement agréable. En fait, le cycle de ***Newford*** transcende les (déjà) clichés de la *fantasy* urbaine, pour devenir purement et simplement « du de Lint ».

Un seul roman de *fantasy* urbaine de Charles

de Lint a été traduit en France pour l'instant (*Mulengro*, chez Pocket « Terreur »). Il faut espérer que nos éditeurs ne tardent plus à se réveiller, car le public français passe à côté d'un écrivain contemporain majeur.

Donaldson (Stephen R.) : ***Thomas l'incrédule*** (***Thomas Covenant the Unbeliever***, 1977 — J'ai Lu)

Transporté dans un « monde secondaire », le lépreux Thomas Covenant ne veut pas croire à ce qui l'entoure. Attaché à cet autre monde par des liens indéfectibles, il ne cesse de le refuser, de le nier. Au point d'aller jusqu'à violer une des héroïnes : quel importance, puisqu'il ne s'agit que d'un rêve, d'un fantasme issu de sa maladie ? Toute la saga établit un parallèle entre le doute qui habite Thomas et la maladie qui ronge son corps — les deux se répercutant sur l'environnement.

Parmi les toutes premières à marcher sur les traces de Tolkien, cette trilogie tranche par son pessimisme, par un héros sinon antipathique du moins extrêmement sombre et, paradoxalement, par son lyrisme (attaché notamment à la description du pays). Alternant moments d'exaltation et de dépression, cette saga apparaît vraiment unique dans le genre par son incroyable sens du tragique.

À cette première réussite (*Lord Foul's Bane, The Illearth War* et *The Power that Preserves*, tous en 1977), Donaldson donna une suite plus pessimiste encore : *The Wounded Land* (1980), *The One Tree* (1982) et *White Gold Wielder* (1983). En France, seule la trilogie d'origine fut traduite — et encore, très partiellement : non content d'avoir fait « dégraisser » le texte d'un bon pourcentage par la traductrice, l'éditeur eut l'idée saugrenue de retirer la fin du deuxième volume. De cette portion du récit, quasiment le point culminant de la trilogie, le lecteur français n'eut donc qu'un résumé en début de troisième tome…

Eddings (David) : la ***Belgariade*** (***The Belgariad*** 1982-1984 — Pocket « Fantasy »)

Lorsque le monde était nouveau, chacun des sept dieux chérissait un peuple d'humains — tous, sauf un, Aldur, qui n'était le dieu de personne et vivait retiré en ermite avec son élève, le jeune humain Belgarath. Aldur donna un jour vie à une pierre, l'Orbe, avec laquelle il accomplit de nombreux prodiges. L'un de ses frères, Torak, vint à le jalouser et lui déroba l'Orbe. Une grande guerre s'ensuivit, à l'issue de laquelle Torak utilisa la puissance de l'Orbe pour fendre l'unique continent humain en deux. Torak sombra ensuite dans le coma et l'Orbe fut déposé dans l'île de Riva, charge à ses habitants de protéger le précieux objet vivant.

Lorsque commence la ***Belgariade***, de nombreux siècles plus tard, l'Orbe vient pourtant d'être volé. Le sorcier Belgarath et sa fille Polgarath commencent alors à rassembler une compagnie étrangement disparate, pour se lancer à la poursuite du voleur et réaliser une ancienne prophétie.

Une prophétie ? Non : deux. L'une prédisant la victoire du fils de la lumière, l'autre celle du fils de l'ombre.

On suit pas à pas la progression de la compagnie de Belgarath, chevauchant capricieusement à travers les pays de l'Ouest. On semble par moments perdre de vue le but principal de la quête, tant certains obstacles de la vie quotidienne tendent à devenir envahissants. Puis des rebondissements font repartir l'intrigue, avant d'autres pauses, d'autres bonds, etc. Jusqu'au cinquième volume et la confrontation finale avec Torak.

Finale ? Les choses ne sont pas aussi simples qu'elles ne le semblaient. Beaucoup de points demeuraient non résolus : les cinq volumes de la ***Mallorée*** (1987-1991) poursuivent l'intrigue et en nouent tous les fils, même les plus ténus.

Brassant tous les archétypes de la *high fantasy* post-Tolkien, poussant l'obsession géographique dans ses derniers retranchements (il y a de nouvelles cartes à chaque début de partie), se promenant avec une nonchalance presque coupable dans un « monde secondaire » typique, le double cycle de David Eddings aurait aisément pu devenir une des pires œuvres du genre. Au contraire, ce fut l'une des meilleures : par la grâce d'un style littéraire très classique (que rend bien la traduction française), par le charme de personnages vivants et attachants, par le souffle d'une narration pimentée d'humour... Outrageusement commerciale, incroyablement archétypale, cette œuvre est pourtant... des plus savoureuses.

Feist (Raymond E.) : *Faërie, la colline magique (Faerie Tale*, 1988 — Pocket « Terreur »)

La famille Hastings, ayant fait fortune à Hollywood, a acheté une vieille ferme dans l'État de New York. Pittoresque, la petite ville de Pittsville est surtout peuplée de descendants d'immigrants irlandais, qui ont su garder vivantes leurs traditions. Mais voilà que des choses étranges commencent à rôder du côté de la maison des Hastings...

C'est un des grands clichés du fantastique horrifique : la jeune famille qui s'installe dans une vieille demeure hantée ou damnée. D'ailleurs, ce roman a été publié en France dans une collection d'horreur. Mais Raymond E. Feist a introduit une distorsion très intéressante dans le vieux thème : les monstres qui rôdent ne sont pas des fantômes ou des démons, mais des créatures issues du folklore irlandais : chasse sauvage, farfadets, elfes… Les créatures de la Faërie ont suivi les Irlandais dans leur exil américain. Et selon leur habitude, ils enlèvent un enfant humain…

Mêlant avec habileté de vieux motifs légendaires celtes avec un cadre contemporain digne de Stephen King, ce roman est une belle réussite de fusion horreur-*fantasy*. Fréquemment dénigré par la critique anglo-saxonne du fait de l'orthodoxie commerciale de sa série de ***Krondor*** (voir ci-dessous), Feist a cependant prouvé dans *Faërie* quel excellent écrivain il savait être.

Feist (Raymond E.) : ***Chroniques de Krondor*** (à partir de 1982 — Mister Fantasy / La Reine Noire)

Le cycle démarre par deux volumes colossaux — car nous sommes en territoire habituel de la *fantasy* épique, ce sous-genre que la revue américaine *Locus* nomma par dérision la BCF (*Big Commercial Fantasy*, littéralement la « grosse *fantasy* commerciale »). À l'instar d'un David Eddings, d'un Tad Williams ou d'un Robert

Jordan, autres champions de la méga-saga ventrue, Feist ne lésine jamais sur le nombre de pages. Et comme chez ses confrères, tous les ingrédients habituels (qui a dit « clichés » ?) sont présents : pays médiéval immense, royaumes rivaux (la notion de démocratie semble hélas faire défaut en BCF), décors grandioses… et jeunesse difficile : Pug, le jeune héros, vit une enfance ordinaire dans la formidable forteresse nordique de Crydee, et l'auteur nous fait découvrir le monde de Midkemia par les yeux de ce personnage attachant. Car l'une des « règles » de la BCF, semble-t-il, est de s'attacher aux pas d'un héros dès son enfance : voyez l'exemple de Garion (la ***Belgariade****) ou de Simon (***L'arcane des épées****).

Logiquement, à ce stade de l'intrigue devrait se réveiller le Super-Méchant-Sombre-Endormi-Depuis-Mille-Ans, impatient de redevenir le Maître du Monde. Fort heureusement, Feist a su se montrer nettement plus original, ce qui explique certainement une bonne part de son phénoménal succès outre-Atlantique. Midkemia est attaqué par un peuple mystérieux, issu d'une Brèche dans l'espace-temps. Une tout autre civilisation — qui entretient plus d'une ressemblance avec celle du Japon des samouraïs (les Tsurani étant ici l'ennemi, leur monde n'est que suggéré, mais il a ensuite été exploré dans une trilogie parallèle, cosignée avec Jamy Wurts —

plus intéressante à mon goût que les ***Chroniques de Krondor***, car plus originale). Choc des cultures, choc des civilisations : mais dans ce cas, contrairement à ce qui s'est toujours passé dans notre propre monde, c'est une société de type (plus ou moins) occidental qui se retrouve confrontée à un envahisseur aussi différent que surpuissant.

Les ***Chroniques de Krondor*** relatent l'épopée de cette guerre, au travers du regard de Pug et de son ami Tomas, héritier d'une ancienne magie qu'il doit apprendre à maîtriser. Un monde complexe nous est dévoilé, dans toute la diversité de ses pays et de ses peuples. *Fantasy* post-Tolkien oblige, des sociétés de nains et d'elfes s'ajoutent en effet à la population humaine pourtant déjà nombreuse. Complots, explorations, forêts, déserts (visiblement, Feist aime beaucoup les déserts), esclavage (Feist semble adorer réduire ses héros en esclavage…), guerres, combats, magie… Le bruit et la fureur de cette puissante saga de *fantasy* épique ne couvrent cependant pas des psychologies de mieux en mieux brossées (le premier volume est assez sommaire, Feist prend ensuite de l'assurance stylistique) et un impeccable sens du suspense. Parti d'une matière qu'on aurait pu croire trop élémentaire pour nourrir une littérature de qualité (à savoir : les campagnes de jeux de rôles avec ses copains), Raymond E. Feist a su peu à peu approfondir son sujet, ajoutant de nouveaux mystères aux conflits qui déchirent ses deux mondes. Au-delà de la guerre de la Brèche, le cycle se poursuit encore aujourd'hui, suivant génération après génération des héros attachants. À un souffle narratif indéniable, Feist a ajouté au fil des ans toutes les ficelles de la meilleure littérature populaire, allant jusqu'à inclure, par exemple, des séquences de piraterie dans ses titres récents. Les ***Chroniques de Krondor*** constituent de l'excellente littérature d'évasion.

Friesner (Esther M.) : *Elf Defense* (1988)

Sandra Horowitz est une jeune avocate récemment installée dans un petit bourg du Connecticut nommé Godwin's Corner, une ville de province américaine sans histoire. Son époux, Lionel, est professeur d'histoire au collège local et leur abominable rejeton, une petite fille prénommée Ellie, va à l'école dans la classe de l'inefficace Miss Foster. Une vie tranquille : les gens commencent s'habituer à l'idée qu'une femme puisse exercer le métier d'avocat, jamais la routine n'est brisée par autre chose qu'un goûter pour les bonnes œuvres locales ; même la mauvaise langue du coin est supportable à petites doses.

Qui aurait pu penser qu'une bourgade si paisible pouvait abriter une famille aussi peu orthodoxe que celle d'Amanda Taylor et de ses fils ? L'aîné surtout est étrange : il s'agit en fait du prince Cassiodoron, né de l'union du roi des elfes du royaume d'Elfhame-Ultramar avec une mortelle. Les choses se compliquent lorsque le papa, qui n'a pas très bon caractère, retrouve la trace d'Amanda et de Cass…

Reprenant certains des personnages de sa comédie *New York by Knight* (1986 — une autre *fantasy* contemporaine bien enlevée), Friesner se déchaîne dans ce roman où toute une petite ville nord-américaine, remarquablement caricaturée, se bat contre les pouvoirs surnaturels du roi des elfes. Elle se moque gentiment d'une attachante galerie de personnages, accumule les attaques et contre-attaques échevelées des deux parties en présence, termine par un *happy end* dénué de mièvrerie, et parvient, en plus, à esquisser une originale idée de *fantasy* (les elfes ont colonisé une part du royaume magique correspondant aux Amériques, alors que les magies de l'ancien et du nouveau continent sont d'une nature très différente, modelée par l'inconscient mythique des indigènes mortels). Une réussite réjouissante !

Poursuivant dans cette veine légère mais non dénuée de profondeur, Friesner écrira ensuite *Sphynxes Wild* (1989), où l'on retrouve encore une partie du même *casting*. Ensuite, à l'exception notable de *Druid's Blood* (ci-dessous), elle se tournera soit vers des *fantasy* purement humoristiques, soit vers la science-fiction. On préférera plutôt ses nombreuses nouvelles, où cette grande maîtresse de l'humour déjanté prouve qu'elle sait également donner des fictions mélancoliques et mémorables.

Friesner (Esther M.) : *Druid's Blood* (1988)

La Grande-Bretagne n'a jamais connu l'envahisseur romain — ni les suivants : protégé par les puissants sortilèges des druides, l'archipel britannique est demeuré un royaume de lumière et de connaissance face à l'obscurantisme du reste du monde. Et en ce XIXe siècle, la jeune reine Victoria n'hésite pas à se livrer à des rites orgiaques à chaque grande fête religieuse. Ainsi, en ce Beltaine, a-t-elle choisi un complet inconnu, le docteur John D. Weston, pour être son amant.

Enfin, pas tout à fait inconnu, puisque le docteur Weston est le compagnon du fameux détective Brihtric Donne, dont les facultés d'investigation sont d'autant plus efficaces dans cette Angleterre magique quc lui-même est totalement dénué de pouvoirs occultes. D'ailleurs, découvrant qu'on a volé le grand livre sur lequel repose toute la puissance du Royaume-Uni (le « Rules Britannia »), Victoria charge Donne d'enquêter.

Rendant joyeusement hommage au mythe de Sherlock Holmes, empilant idée folle sur lubie loufoque (l'introduction du roman semble même suggérer que Brihtric Donne n'était à l'origine qu'un acteur américain qui, s'étant tellement identifié à son rôle, proposa à l'écrivain Weston d'incarner désormais le grand détective dans la vie réelle…), construisant malgré tout un suspense imparable, Esther Friesner a livré là un roman complètement excentrique, une de ces œuvres difficilement classables comme la *fantasy* en abrite tant. Que vous soyez amateur de polar classique ou de *fantasy*, le plaisir est forcément au rendez-vous.

Gaiman (Neil) : *Neverwhere* (1996 — J'ai Lu)

Jusqu'à ces dernières années, les titres de noblesse de Neil Gaiman résidaient dans le domaine du scénario : il travaillait le plus souvent dans ce que les Anglo-Saxons nomment le « roman graphique » — la bande dessinée *made in America,* ici revue et corrigée par le *British Style.* Sa plus grande réussite en la matière est sans conteste la longue série ***The Sandman,*** où sa verve de conteur trouvait le plus naturellement place à donner libre cours à son imagination. Subtil et étonnant, ***The Sandman*** révolutionna les *comics* et ouvrit la voie à toute une école de BD anglo-saxonne de *fantasy* (particulièrement sous le label Vertigo).

Mais la prose démangeait notre scénariste, et il a peu à peu commencé à publier des nouvelles dans diverses anthologies (voir ci-dessous le recueil *Miroirs et fumée**). En compagnie de son compatriote Terry Pratchett, il cosigna l'hilarant roman *De bons présages* (*Good Omens*, 1990 — ou comment la fin du monde fut quelque peu contrariée...). Puis ce fut le tour de *Neverwhere*, son premier roman solo (rédigé en parallèle avec le script du feuilleton du même titre pour la BBC — il est maintenant question que le roman soit adapté par Hollywood).

Ayant sauvé une jeune fille étrangement nommée Porte, Richard Mayhew va pénétrer bien malgré lui dans un univers parallèle au nôtre : sous Londres — dans les souterrains, les égouts, les catacombes, les stations de métro fermées, les anciennes rivières — mais aussi dans tous les recoins secrets de la capitale britannique — ruelles oubliées, maisons vides, toits de gare et usines désaffectées — s'est érigée une autre société, magique et inquiétante à la fois. Une société calquée sur le plan du métro londonien, où les noms des stations les plus connues prennent une autre dimension : il y a bien des moines à Blackfriars, un ange à Angel, et Knightsbridge s'est transmué en Night's Bridge, le Pont de la

Nuit. Laissant derrière lui sa pénible petite amie, Richard découvre sous notre réalité citadine un monde de luttes de pouvoir, de créatures étranges ou carrément maléfiques, où les rencontres insolites et les lieux inattendus sont l'ordinaire d'un royaume normalement invisible au commun des mortels.

Neverwhere n'est pas le premier roman de *fantasy* à explorer l'envers d'une grande cité moderne (voir *Down Town* de King & Polikarpus [1985] sur New York, *Le monde d'en-haut* [*Roofworld*, 1988] de Christopher Fowler sur Londres), mais il demeure unique par l'assurance de sa voix, par sa parfaite interaction du magique et du quotidien. *Neverwhere* est à la fois un roman d'apprentissage d'un genre inédit, le lieu de création d'une nouvelle mythologie pour la plus grande cité d'Europe, et — en ce qui concerne la France — le premier représentant traduit d'un sous-genre aussi riche que florissant de la *fantasy* contemporaine : la *fantasy* urbaine.

Gaiman (Neil) : *Stardust* (1998 — à paraître chez J'ai Lu)

Wall est un village cachant un secret : il tire son nom d'un mur qui le borde, dont le seul point de passage est gardé jour et nuit par les villageois. Tous les neuf ans, une grande fête est organisée, seul moment où le passage est autorisé. Car de l'autre côté du mur, cette prairie d'apparence anodine… est la marche de la Faërie.

Ayant promis à la fille qu'il aime de lui rapporter une étoile filante, le jeune villageois Tristan va partir dans le pays interdit, poursuivi par d'étranges personnages.

Situé durant l'ère victorienne, nourri de contes de fées, *Stardust* constitue un exemple typique de la *fantasy* de type « retour aux sources ». La première édition (américaine) de ce roman était particulièrement exquise : elle faisait l'objet de très nombreuses illustrations de Charles Vess, un formidable dessinateur contemporain (particulièrement marqué par l'influence des dessinateurs victoriens, Rackham en tête). Réédité sans cette partie graphique, le récit supporte cependant fort bien d'être lu seul et démontre une nouvelle fois la force narrative de Gaiman. Que dire de plus ? Simple et lumineux, ce roman ne se prête guère à l'exercice du résumé. Qu'il suffise d'affirmer que c'est une œuvre à savourer d'urgence.

Gaiman (Neil) : *Miroirs et fumée* (*Smoke & Mirrors*, 1998 — Le Diable Vauvert)

S'il est décidément beaucoup question de Neil Gaiman dans ces pages, c'est que cet auteur est un *grand* conteur. De ces écrivains qui savent conjurer un univers complet à chacune de leurs créations, qui savent insuffler plus que le vent léger de l'intrigue obligatoire et du dépaysement plaisant : dans la moindre de leur création se cachent des profondeurs, des failles. Les conteurs touchent à l'essentiel même lorsqu'ils semblent dans leur humeur la plus frivole.

Et Neil Gaiman apparaît aussi à l'aise dans la forme longue (roman graphique ou roman) que dans la forme courte (poème et nouvelle). Il s'impose même comme l'un des maîtres actuels de la nouvelle de *fantasy* — ainsi que le démontre ce recueil pluriel et lumineux.

Des exemples : « Chevalerie » conte la découverte du Saint-Graal par une vieille dame dans une brocante de charité ; humour très britannique. « Le troll sous le pont » est une broderie contemporaine douce-amère sur le vieux thème féerique du troll sous le pont ; humour désespéré. « Cherchez la fille » est un morceau d'autobiographie inventée, autour de l'expérience de l'auteur dans les revues « légères » ; humour nostalgique. « On peut vous les faire au prix de gros » est un polar tordu marqué par l'humour noir, proche d'un Fredric Brown. « Mignons à croquer » est une brève horreur sur la disparition de tous les animaux et leur remplacement par… les bébés ; humour terriblement sombre. « Corps étrangers » est une nouvelle d'horreur paranoïaque très efficace, à partir des maladies sexuellement transmissibles. Encore une pointe d'humour noir, comme dans « La souris », une fable *mainstream* sur l'éloignement. « Les mystères du meurtre », à mon goût la plus belle fiction du recueil, se présente comme une pièce d'imagination typiquement gaimanienne. Lors d'une rencontre nocturne, dans les rues désertes de Los Angeles, un ange raconte à l'auteur la toute première enquête policière : un ange a été assassiné dans la Cité d'Argent, alors que se bâtissait le monde. Superbe, bouleversante, c'est la pièce maîtresse du recueil. Encore que « Neige, verre et pomme », une glaçante réécriture du mythe de Blanche-Neige du point de vue de la belle-mère, ne soit pas loin non plus du chef-d'œuvre absolu…

Toute la beauté, toute la finesse de l'imaginaire gaimanien est présent dans ce recueil, en trente pièces courtes (plus une introduction) à la fois diverses et… unifiées par ce mélange subtil d'humour(s), de mélancolie, de profondcur sans avoir l'air d'y toucher — d'occasions d'atteindre, juste un instant, l'Autre Côté des choses… Rares sont les auteurs dc la qualité de Neil Gaiman — et dans « qualité » peut se lire « constance », ce qui est encore plus rare.

García Márquez (Gabriel) : *Cent ans de solitude* (*Cien años de soledad*, 1967 — Seuil « Point »)

« *Macondo était alors un village d'une vingtaine de maisons en glaise et en roseaux, construites sur un lit de pierres polies, blanches, énormes comme des œufs préhistoriques. Le monde était si récent que beaucoup de choses n'avaient pas encore de nom et pour les mentionner, il fallait les montrer du doigt.* »

Isolé du reste du monde, le village sud-américain de Macondo semble également presque oublié par le passage du temps. De la lointaine époque préhistorique (à laquelle fait allusion la première phrase du roman), jusqu'à notre siècle, peu de générations s'écoulent... Alors que le déluge et la civilisation sont passés par là entre-temps... Mais Macondo est une référence en elle-même, et ses habitants frappés d'amnésie n'ont comme seul recours que de s'en raconter l'Histoire afin de se rappeler qui ils sont. À peine troublée par l'extérieur (le passage d'un cirque, par exemple, ou d'une révolution), la vie y est tranquillement magique.

Cent ans de solitude a fait son apparition dans la littérature en 1967 tel un météore tombé du ciel, un ouvrage à nul autre pareil. García Márquez y chronique la longue et tumultueuse histoire d'une famille et de son village, comme l'on raconterait une légende. Le cours tumultueux du récit est comme un fleuve, qui ne déposera ses lecteurs qu'une fois le livre terminé, pas avant : impossible d'échapper au charme gourmand, ensoleillé et un peu fou de cette saga.

Gemmel (David) : *Le Lion de Macédoine*
(*Lion of Macedon*, 1990 — Mnémos « Icare »)

La saga d'Alexandre le Grand devait forcément intéresser un jour ou l'autre les auteurs de *fantasy* : c'est chose faite avec cette œuvre d'un auteur *best-seller* anglais, évoquant dans un séduisant mélange de bruit, de fureur et... de documentation historique, le destin grandiose du conquérant macédonien. Entre la magie des dieux et la folie des hommes, le souffle d'une grande épopée emplit ces pages.

Point ici de prose ciselée et de profondeur psychologique : Gemmel serait plutôt un héritier de Robert Howard. Son style est donc minimaliste, purement utilitaire, remplacé par une force narrative qui ne laisse pas au lecteur le temps de reprendre sa respiration. Enthousiasmante à défaut d'être terriblement mémorable, de la bonne littérature populaire.

Goldstein (Lisa) : *Les jeux de la Lune et du Soleil* (*Strange Devices of the Sun and Moon*, 1993 — J'ai Lu)

À la fin du XVIe siècle, le commerce des livres se faisait sur des étals qui se pressaient de manière précaire autour de la cathédrale Saint-Paul, à Londres. On croisait là les célébrités installées et celles qui montaient — notamment Thomas Nashe et Kit Marlowe. Seulement évoqué puisqu'il débutait à peine à l'époque, William Shakespeare étend pourtant son influence sur toute l'ambiance de ces *Jeux de la Lune et du Soleil. Brownies*, elfes et autres créatures des mythes celtes abondent dans un roman passionnant, qui mêle avec habileté un cadre historique bien reconstitué et la matière des ballades traditionnelles : le fils de la libraire Alice Wood, Arthur, a disparu et la pauvre femme va se retrouver prise dans un maelström d'événements qui la dépasse, en pleine cœur d'une guerre féerique.

« *Ce livre essaye de parler des différentes manières dont les gens considéraient le surnaturel. Il y avait les gens religieux, ceux qui croyaient aux créatures féeriques, et ceux qui refusaient de croire en elles. Les créatures féeriques existent réellement, dans mon roman. La mythologie de l'époque comprend beaucoup de croyances féeriques, de* changelings, *de magie et de sorcières.*

Beaucoup de gens pensaient que toute la magie était satanique ; la religion colorait absolument tout. Il y avait là de très très vieilles croyances du peuple qui étaient connues depuis des siècles et brusquement tout se retrouvait couvert par la religion, et ces croyances ancestrales devenaient soudain "maléfiques"[1]. »

Grahame (Kenneth) : *Le vent dans les saules* (*The Wind in the Willows*, 1908 — Gallimard)

Attiré par la douceur de l'été, Taupe se risque dehors et descend jusqu'au bord de la rivière. Là, il est invité par Rat à venir se restaurer. Et de fil en aiguille, les deux célibataires deviennent les meilleurs des compagnons, partageant parties de canotage sur la rivière, goûters au bord de l'eau, thés réconfortants au sein de la froidure, soirées paisibles au coin du feu… Autour d'eux, toute une communauté vit tranquillement : l'amical Loutre et son fils étourdi, le taciturne mais sage Blaireau, et bien d'autres. Ce coin de campagne anglaise n'a que deux choses à redouter : les mauvais coups des belettes, et les lubies de monsieur Crapaud. Ah ! monsieur Crapaud… Excentrique et bruyant, dernier descendant d'une noble famille, il vit dans l'im-

1. Entretien in *Locus*, décembre 1991.

mense Château Crapaud au rythme des idées saugrenues qui traversent son peu de cervelle. Successivement, il va se prendre de passion pour la roulotte et la voiture automobile, jusqu'à séjourner en prison pour vol de véhicule !

Rédigé par un très sérieux banquier et intellectuel conservateur, *Le vent dans les saules* fut d'abord refusé par les éditeurs britanniques. C'est le président américain Theodore Roosevelt qui l'imposa à un éditeur. Lequel n'eut finalement qu'à se féliciter d'un tel autoritarisme : *Le vent dans les saules* connut un succès énorme, tant auprès des enfants (auxquels il était ouvertement destiné) que des adultes (certainement plus à même d'apprécier la subtilité, la poésie et la douceur de cette œuvre). Il demeure considéré comme l'un des grands classiques anglo-saxons de la littérature enfantine et a fait l'objet de multiples adaptations. À commencer, dans les années 1930, par son illustration par Ernest Shepard et son adaptation théâtrale par A. A. Milne. Disney en a fait une médiocre version animée ; de nombreuses autres existent, ainsi qu'une série télévisée en marionnettes animées (très amusante), plusieurs suites écrites par William Horwood, et une ravissante transposition en bande dessinée (par Michel Plessix, chez Delcourt).

Grant (Richard) : *In the Land of Winter* (1999)

Vivant dans une petite cité à la frontière canadienne — une de ces villes sans véritable identité, suite de pavillons sans âmes — Pippa est une sorcière moderne. Une adepte de Wicca, comme on dit aux États-Unis. En fait, elle croit un peu à tout, dans le genre vaguement *new age*. Et si Pippa n'est pas vraiment persuadée d'avoir le moindre pouvoir magique, elle est en revanche certaine de ne pas vouloir participer aux rites habituels de la messe chrétienne et de Noël. Sa vie va se trouver subitement brisée par une poussée locale de bigoterie : sans comprendre pourquoi, Pippa se voit enlever sa petite fille par les services sociaux, jetée à la porte par sa tante, et renvoyée de chez sa patronne. Ayant trouvé refuge dans une cabine au cœur de la forêt, Pippa y fera connaissance d'un véritable loup-garou (le vieux monsieur très aimable qui lui achetait des roses). Elle se découvrira aussi une poignée d'alliés inattendus, quoique souvent incompétents. Et ayant touché le fond, elle remontera brusquement, renversant le règne de l'hystérie et de l'intolérance qui pesait sur la petite ville plus sûrement encore que la montagne qui la domine, le froid hivernal ou la nuit nordique.

Stylistiquement, ce roman est un plaisir : une

langue impeccable, un humour léger — toutes les deux ou trois pages, l'auteur glisse des remarques hilarantes. Lorsque les choses glissent dans le drame, et même dans le délire, l'auteur sait toujours demeurer subtil et poétique. Les rares éléments « magiques » sont traités de manière anecdotique, comme s'ils ne comptaient pas vraiment — le loup-garou mis à part, il ne se passe rien de véritablement, ouvertement, *magique*. Tout est en demi-teintes, laissant le lecteur se forger son propre jugement. Ce qui somme toute semble adéquat dans un roman sur la liberté d'opinion. On pense à Peter S. Beagle et à James P. Blaylock — mais également à Barbara Kingsolver. *In the Land of Winter* est un roman lisse et tendre, attachant et subtil.

Hambly (Barbara) : *Fendragon* (*Dragonsbane*, 1986 — Pocket « Fantasy »)

Lorsque le jeune prince Gareth arrive dans les sauvages Winterlands, il a encore la tête pleine des belles ritournelles des baladins, contant les faits et gestes du valeureux chevalier John Aversin. Las, la réalité n'est pas aussi dorée que les chansons et le pauvre garçon doit rapidement mettre de côté toutes ses illusions romantiques : Aversin commence à se faire vieux. D'ailleurs, Gareth lui-même ne correspond pas vraiment à l'archétype du prince charmant : il porte des lunettes et commence à se dégarnir. En compagnie d'une sorcière — plutôt moche, pas très douée et mal dans sa peau — et du chevalier Aversin, il lui faudra pourtant affronter l'ennemi de tout héros de légende : un dragon ! Mais pas question de combat chevaleresque : si on tient à sa peau, mieux vaut pour vaincre un reptile de ce genre arriver en catimini sous son ventre fragile et user d'un pieu bien acéré plutôt que d'une épée…

Bousculant à plaisir les mythes habituels de la *fantasy* épique et du conte de fées, ce roman n'est pourtant pas à ranger dans la catégorie « humour » : tout au plus l'autrice prend-elle un léger recul, afin de brosser un tableau plus réaliste que de coutume. Ses personnages sont attachants, l'intrigue (passionnante) teintée d'une tendresse sans mièvrerie. C'est ainsi que, dans les années 1980, Barbara Hambly sut réveiller un genre menacé d'ankylose par les hordes d'imitateurs de Tolkien. Depuis, l'autrice n'a plus cessé d'écrire des romans certes mineurs mais toujours plaisants : tout son art réside dans les demi-teintes, l'humour léger et la psychologie. Rien de bouleversant, mais une œuvre attachante, une voix douce qu'on a chaque fois plaisir à retrouver.

Hambly (Barbara) : ***Darwarth*** (*Les forces de la nuit* [*The Time of the Dark,* 1982], *Les murs des Ténèbres* [*The Walls of Air,* 1982], *L'armée du jour* [*The Armies of Daylight,* 1983] — Opta « C.L.A. » et Masque « Abysse »)

Le pays de Dare est en danger, et il revient au magicien Ingold Inglorion de trouver le moyen de le sauver. Mais que faire lorsqu'on a justement utilisé toutes les ressources disponibles d'un monde ? La solution d'Ingold relève d'une logique assez tordue : changer de monde et importer une solution toute neuve. En l'occurrence, kidnapper dans notre Californie de la fin du XXe siècle une jeune étudiante un peu coincée et un loubard un peu frimeur, et les projeter dans l'horreur de Dare — une contrée de type médiéval envahie par les monstres venus des Ténèbres, pour lesquels l'humanité terrifiée n'est rien de plus que du bétail.

Le premier tome surprendra certainement les lecteurs trop habitués aux clichés du « tout médiéval fantastique » : cadre contemporain et écriture moderne (particulièrement belle dans les descriptions et l'évocation des couleurs — voir la scène du début, dans la cabane au milieu du désert, une réussite exemplaire) ; basculement vers une thématique devant nettement plus à

Lovecraft qu'à Tolkien ou Howard ; personnages non stéréotypés ; action menée tambour battant (sans longueurs, Barbara Hambly va droit à l'essentiel et ne cesse de tenir son lecteur en haleine). Mais les lecteurs ne sont pas au bout de leurs surprises : le deuxième tome, *Les murs des Ténèbres,* fonctionne de manière quasiment inverse du premier.

Réfugié dans l'antique citadelle noire de Renweth, ce qui reste de l'humanité dans le pays de Dare a presque abandonné tout espoir de regagner le monde extérieur. Les Ténébreux guettent la citadelle, tournent autour d'elle la nuit en cherchant à briser les charmes protégeant ses portes. Ingold, que les puritains de la Cour n'apprécient guère bien qu'ils lui doivent la vie, pense trouver des secours à Quo, la ville secrète des siens. Il part avec Rudy à travers les plaines glacées, poussé par l'espoir. Pendant ce temps, Gil demeure à la citadelle, et tente d'élucider sur place le mystère même de ce lieu où les ennemis de l'humanité ne peuvent pénétrer. Alors que *Les forces de la nuit* est empli de grands mouvements de population et de combats terrifiants contre les Ténébreux, *Les murs des Ténèbres* apparaît comme un roman intimiste, dont la trame se resserre autour des trois personnages principaux. Une intrigue aussi dépouillée que le décor, au bénéfice de la psychologie, de l'atmosphère et des paysages. Quant au troisième et dernier volet du cycle, *L'armée du jour,* il rééquilibre la narration tout en résolvant les ultimes énigmes.

Hand (Elizabeth) : *L'éveil de la lune* (*Waking the Moon,* 1994 — Rivages « Fantasy »)

Écrasé par la masse colossale de son église principale, le campus de l'étrange « University of the Archangels and St John the Divine » est une folie gothique extravagante. Depuis les vitraux qui illuminent les salles de classe jusqu'aux anges de pierre qui se bousculent sur la façade de la résidence universitaire, tout à Saint John semble modelé selon le modèle gothique. Et Katherine Sweeney Cassidy, nouvelle étudiante, va rapidement découvrir que cette complexité architecturale n'est que le reflet extérieur d'un amour de l'obscur profondément inscrit dans les mœurs de cette université.

Saint John n'est pas un établissement ouvert au commun des mortels, et Sweeney n'y est entrée qu'à la faveur d'un programme d'enrôlement d'une poignée de « pauvres » au sein des fils et filles de riches familles qui peuplent habituellement ce très huppé campus. Élément extérieur, Sweeney est rapidement bousculée par ses condisciples, auprès desquelles elle semble jouer (bien involontairement) une sorte de rôle d'élément perturbateur. Pourtant, Sweeney est une jeune fille assez effacée… Mais sa rencontre avec les deux vedettes de la promotion, la sublimement belle Angelica et le très évaporé Oliver, provoque vite des étincelles. Avec un art consommé de se trouver là où elle n'est pas censée l'être, l'innocente Sweeney écume les quartiers louches et les bars gays de Washington, elle débarque au milieu d'une soirée réservée aux étudiants titulaires de la bourse Molyneux, et soulève le voile sur les activités d'une sorte de secte millénaire, les *Benandanti*.

Emplie de complots, de magiciens mesquins, d'étudiants ahuris ou innocents, de divinités maléfiques, d'anges silencieux, d'anciens secrets, de jeunes beautés et de dérives décadentes, *L'éveil de la lune* est une œuvre surprenante. Superficiellement, ce roman ressemble à un *thriller* (presque) contemporain, dans une université de Washington D.C. ; en fait il suffit de quelques pages pour plonger dans un lyrisme dérangé, totalement inhabituel. Comme un étrange croisement entre Mervyn Peake et Clive Barker — avec un détour par *X-Files* (l'autrice a d'ailleurs écrit pas mal d'adaptations des séries de Chris Carter). Passant chapitre après chapitre d'une lente dépression à une subite frénésie, d'un rêve languide à un cauchemar impressionnant, Elizabeth Hand fait naviguer son lecteur au sein d'une intrigue aussi tumultueuse que baroque comme s'il s'agissait de la chose la plus naturelle du monde.

Helprin (Mark) : *Conte d'hiver* (*Winter's Tale*, 1983 — Stock)

New York, autrefois. New York, cernée par les marais et le brouillard, d'où seul le train peut s'échapper, s'élancer vers les espaces libres du dehors. New York, terreau de légendes urbaines : l'histoire de la trahison par Peter Lake des Short Tails, une redoutable bande de truands de Manhattan ; du cheval blanc, pouvant faire des bonds de plusieurs centaines de mètres ; du projet dément d'un pont de lumière solide pour rejoindre l'au-delà ; d'une petite fille malade de la tuberculose et immensément riche ; du curieux peuple des Baymen, vivant dans les marécages, esquivant le brouillard… Entre Coyote et le Roi pêcheur, Peter Lake devient peu à peu le héros incontournable de l'histoire de la ville, il l'accompagne dans son évolution — y compris jusqu'au lointain futur.

Conte d'hiver, par son foisonnement, par son accumulation de détails et de personnages, par la manière dont il transforme en mythe la réalité quotidienne, rappelle la magie de *Cent ans de solitude**, le chef-d'œuvre de García Márquez.

Mais Helprin a su aller au-delà, pour écrire une œuvre de réalisme magique à l'alchimie typiquement urbaine, où la cité même devient le thème de l'histoire. S'y mêlent également des structures héritées du conte de fées, des *tall tales* chères à Mark Twain et du roman populaire. Hymne à New York, *Conte d'hiver* est un roman précurseur, presque visionnaire dans son ampleur.

Mark Helprin a renoué avec la *fantasy* en 1989, avec un ouvrage inhabituel : un gros livre entre roman et album pour enfants (largement illustré par Chris Van Allsburg[1]), *Swan Lake*. Il s'agit d'une œuvre de *fantasy* traditionnelle, proche du conte de fées, sur un royaume, son palais fabuleux, et les luttes de pouvoir qui l'agitent. Il s'en dégage un charme intemporel, celui retrouvé aujourd'hui par des romans comme *Stardust** de Neil Gaiman ou *The High House** de James Stoddard et qui peut s'analyser comme un « retour aux sources » du merveilleux. Helprin est revenu à deux reprises explorer l'univers de *Swan Lake*, avec *A City in Winter* (1996) et *The Veil of Snows* (1997) — toujours illustrés par Van Allsburg.

1. Auteur de nombreux et superbes albums pour la jeunesse, relevant tous de la *fantasy* (traduits à L'École des Loisirs).

Hoban (Russel) : *L'automate et son fils* (*The Mouse and His Child*, 1967 — Gallimard « Page Blanche »)

Imaginez un magasin de jouets, à l'ancienne : une petite boutique où se nichent des objets désuets et précieux, comme cet automate de souris, tenant dans ses bras son souriceau de fils. Lorsque l'on tourne la clef, le rongeur danse, en silence. Ce n'est pourtant pas un simple jouet : il est doué de conscience. Et lorsque arrive la terrible période de Noël (terrible du point de vue des jouets, bien sûr), l'automate et son fils vont s'enfuir, poursuivis par l'abominable Manny le rat. Maltraitées par un destin peu clément, à la merci des autres (elles ont besoin qu'on remonte leur mécanisme pour continuer à bouger et à penser), les deux souris trouveront cependant un asile (précaire, nous laisse comprendre l'auteur).

Russell Hoban est un auteur paradoxal : américain, il vit à Londres et n'est quasiment pas publié dans son pays d'origine. Écrivain pour la jeunesse, il est fréquemment son propre illustrateur. Écrivain pour les adultes, il hybride constamment ses fictions de motifs empruntés à la *fantasy*. En résumé : un conteur passionnant et original ! *L'automate et son fils*, plutôt destiné à un public jeune, est son texte le plus célèbre, mais il convient également de citer d'autres œuvres, pour adultes : *The Lion of Boaz-Jachin and Jachin-Boaz* (1973), dominé par la double quête d'un père parti à la recherche de la carte ultime qu'on lui avait promise, et d'un fils à la recherche de ce père. *Pilgermann la chouette (Pilgermann*, 1983), entièrement raconté du point de vue du fantôme d'un vieux juif à l'existence rocambolesque mais finalement tragique. *The Medusa Frequency* (1987), où un écrivain tente de lutter contre l'angoisse de la page blanche en dialoguant avec la tête d'Orphée. *The Trokeville Way* (1996), où un jeune garçon entre dans le monde du Juzzle, une réalité labyrinthique.

Les fictions de Russell Hoban sont généralement teintées d'humour, parfois même très drôles — mais elles apparaissent toujours implacablement fatalistes, marquées par un définitif sens du destin et de la place des choses. Difficilement classable, cette œuvre est à ranger sur la même étagère que celle de Jonathan Carroll, par exemple. L'étagère des conteurs singuliers mais essentiels.

Hoffman (Alice) : *Practical Magic* (1995 — J'ai Lu)

Pour être sœurs et toutes deux sorcières, Sally et Gillian ne sauraient pourtant être plus différentes l'une de l'autre. Sally a toujours été une fille sérieuse, ne récoltant que des bonnes notes en classe ; devenue adulte elle a épousé un charmant garçon (malheureusement trop tôt disparu), puis elle est partie vivre une existence tranquille loin de ses tantes maléfiques. Gillian, au contraire, a toujours été une véritable calamité : mauvaise élève, allumeuse, instable, elle fut la première à s'enfuir de chez les tantes. Mais le destin ne pouvait pas séparer indéfiniment les deux sœurs, et lorsque Gillian sonne un matin à la porte de Sally, cette dernière sait que les catastrophes vont reprendre…

Jamais publiée sous l'étiquette *fantasy*, Alice Hoffman ne cesse pourtant d'en écrire : chacun de ses romans est empli de magie. Ouvertement. Et tel est le talent d'Hoffman que le grand public la suit, sans broncher, sans s'étonner de l'intrusion de sorcières au sein d'un cadre réaliste contemporain. Excellent exemple de cet art d'insuffler de la magie dans la vie quotidienne sans en avoir l'air, *Practical Magic* (qui fut médiocrement adapté au cinéma) est une comédie fine et captivante. On rit beaucoup, on pleure un peu.

Holdstock (Robert) : *La forêt des mythimages* (*Mythago Wood*, 1984 — Denoël « Présence du fantastique »)

La vie de George Huxley a toujours été dominée par le bois de Ryhope, au bord duquel il vit, quelque part dans la campagne anglaise. Car Ryhope n'est pas une forêt ordinaire : elle n'apparaît pas sur les cartes, elle est impossible à photographier, et des créatures mystérieuses peuvent y être entr'aperçues, parfois... Des créatures telles que Guiwenneth, une sauvageonne qui a vécu avec George, avant d'être tuée par la flèche d'un autre sauvage. Hanté par son souvenir, George a disparu dans la forêt. Et lorsqu'une autre créature en sort, Guiwenneth revenue d'entre les morts, semble-t-il, ce sont ses deux fils qui vont s'entre-déchirer pour elle.

Avec Ryhope, l'auteur anglais Robert Holdstock a développé une des plus belles (mieux : des plus puissantes) idées de *fantasy* de ces dernières années. Une forêt où bouillonne tout l'inconscient collectif de l'humanité — ou du moins, des hommes ayant un jour touché l'archipel britannique. Toutes les légendes, et toutes leurs variations, existent quelque part dans Ryhope. S'enfoncer dans la forêt, c'est se livrer à la spirale infinie des mythes. Que l'auteur n'a plus cessé d'explorer : *Lavondyss* (1988), *The Bone Forest* (1992), *Le Passe-broussaille (The Hollowing*, 1994), *Merlin's Wood* (1994), *Gates of Ivory* (1998). Il a également plongé dans les racines humaines du mythe, avec *Ancient Echoes* (1996) : « *Je me suis toujours demandé quel était l'aspect intérieur de l'inconscient, le paysage des archétypes, la contrée interne d'où proviennent les mythimages dans les êtres humains*[1]. »

Howard (Robert E.) : ***Conan*** (1932-1936 — nombreuses éditions)

Il y a très longtemps, venu d'un pays glacial nommé la Cimmérie, un guerrier arpentait les royaumes d'Hyperborée. En dix-sept nouvelles, pas une de plus, Robert E. Howard imposa, dans les pages du célèbre *pulp Weird Tales,* l'archétype définitif du barbare en lutte contre les forces surnaturelles, oscillant au bord du chaos, secouant le monde dans des affrontements titanesques. Chez Howard, « *le héros est souvent dépourvu de pouvoirs surnaturels et entretient des relations assez conflictuelles avec la magie. Celle-ci est d'ailleurs concurrencée de près par la simple force physique comme moyen d'action sur le monde, quand elle ne lui est pas carrément inférieure*[2]. »

Le créateur fut débordé par sa créature : Howard se suicida en 1936 mais Conan lui survécut. Repris par des « continuateurs » comme Sprague de Camp et Lin Carter, qui mêlaient textes originaux d'Howard, textes

1. Entretien, in *Locus*, avril 1996.
2. Élisabeth Vonarburg, « La *fantasy* ou le retour aux sources », in *Europe*, n° 707, mars 1988.

retouchés et textes terminés à des créations de leur cru (au point qu'il est devenu difficile de faire la part des choses entre les textes véritablement écrits par Howard et les autres), le personnage de Conan a connu beaucoup plus d'incarnations après la mort d'Howard qu'avant. Et, outre Conan et les autres créations d'Howard, des hordes de barbares déferlèrent sur la *fantasy* durant quelques décennies. Les plus intéressants, de loin, sont le ***Kane*** de Karl Edward Wagner et l'***Imaro*** de Charles R. Saunders.

Hughart (Barry) : *La magnificence des oiseaux* (*Bridge of Birds*, 1984 — Denoël « Lunes d'encre »)

Premier roman d'un auteur âgé à l'époque d'une cinquantaine d'années, *La magnificence des oiseaux* sortit d'abord en littérature générale — ce fut un échec — puis ressortit en poche chez Del Rey sur l'intervention d'Anne McCaffrey : il obtint alors les deux récompenses les plus prestigieuses de la *fantasy* : le prix World Fantasy (en 1985) et le prix Mythopoeic (en 1986) — et un bon succès d'estime.

Parce que les enfants sont victimes d'une étrange intoxication, Lou You, alias Bœuf Numéro Dix, sollicite l'aide de Li Kao, un sage

« possédant un léger défaut de personnalité ». Li Kao mène l'enquête, démasque les coupables et acquiert la conviction que le remède se trouve auprès d'une mythique Reine des Ginseng. S'ensuit une foule de péripéties, au cours desquelles nos héros suivent la piste d'un mythe, rencontrent quantité de personnages picaresques et finissent par guérir les enfants après avoir déclenché un phénomène d'essence divine qui bouleverse le Ciel. On voyage, comme le sous-titre du roman l'indique, dans « une Chine ancienne imaginaire ». Quelque part du côté de *La pierre et le sabre* de Yoshikawa (style enlevé et érudition), du ***Juge Ti*** de Robert Van Gulik (enquête policière en Chine ancienne), du ***Cycle des épées**** de Leiber (pour l'humour cynique et les personnages bravaches) et des ***Annales du Disque-Monde**** de Terry Pratchett (pour l'humour ravageur et cependant aussi cultivé que philosophe).

Deuxième volume du cycle, *La légende de la pierre* (*The Story of the Stone*) sortit en 1988. On y apprend notamment que les volumes deux à cinq des Mémoires complets de Bœuf Numéro Dix ont été saisis et brûlés par les Censeurs Impériaux, ce qui fait de *La légende de la pierre* le sixième opus de cette œuvre ! En conséquence, la situation des personnages a pour le moins évolué… Maître Li a pris Bœuf Numéro Dix comme assistant, et tous deux sont chargés d'élucider une sombre histoire de monastère et de vallée hantés par le fantôme d'un prince sanguinaire. Ceci les conduira, une fois encore, dans une longue quête, à travers la Chine fictive du VIe siècle et sa mythologie. Leur passage aux Enfers est un morceau d'anthologie, une apothéose d'humour érudit.

Enfin, l'auteur récidiva en 1991 avec *Eight Skilled Gentlemen,* le plus hystérique des trois romans, une comédie échevelée où l'on passe d'une spectaculaire scène d'exécution publique, grouillante de couleurs et d'animation, à une prodigieuse course de bateaux sur un fleuve de lumière. Ce roman délirant n'est que galopades à travers une bonne partie de la Cité interdite, de souterrains en palais, pour résoudre le mystère de cages d'oiseaux que volent des monstres anciens. Parmi les grands moments du volume, la peinture du personnage de Tou, Hôtelier de Niveau Six, tueur psychopathe obsédé par un florilège de recettes de cuisine.

Hughart renonça ensuite à poursuivre la série (pour laquelle il avait prévu sept volumes), faute de soutien de ses responsables éditoriaux. Il semble donc que les lecteurs devront se contenter de ces trois romans.

Trois seulement, mais trois bonheurs.

Jansson (Tove) : ***Moumine le troll*** (1948-1970 — Pocket « Junior »)

Moumine est un jeune troll. Il vit dans une grande maison en bois en compagnie de Maman Moumine, de Papa Moumine et de son copain Snif « le petit animal », au cœur d'une vallée près de la mer Baltique, où vivent de nombreux êtres.

Paru en 1948, *Moumine le troll* (*Trollkarlens hatt*) se présente comme une suite de nouvelles : des aventures provoquées par la découverte d'un chapeau haut-de-forme magique. On y fait la connaissance d'un être détestable, la Courabou, qui ne parle jamais, fait peur à tout le monde, est fasciné par les lumières et fait geler la terre où il s'assoit. Y entrent aussi en scène les hatifnattes, des espèces de petits bâtons blancs qui parcourent le monde en agitant leurs pattes minuscules, à la poursuite de l'horizon. Une fois par an, pour on ne sait quelle raison, ils se réunissent dans une île. Ils ne parlent pas, ne semblent pas réellement doués d'intelligence, et n'apparaissent en fait vraiment vivants que lorsqu'ils se chargent d'électricité, durant les orages… Typique de la subtilité de l'œuvre de Tove Jansson, *Moumine le troll* explore les peurs et les mystères du monde. Le plus remarquable élément du cycle est cependant *Un hiver dans la vallée de Moumine* (*Trollvinter*, 1957). Juste avant chaque hiver, les trolls mangent un souper d'aiguilles de pin et vont se coucher. Car en Finlande les hivers sont rudes : la plupart des habitants de la vallée préfèrent hiberner. Mais voilà, dans *Un hiver dans la vallée de Moumine* le jeune Moumine se réveille et ne peut plus se rendormir. Il doit donc affronter seul ce monde hostile qu'est l'hiver, un hiver totalement inconnu des trolls. Le comique cède un peu la place à la tendresse et à la nostalgie, voire à la tristesse. Subtilement, tranquillement, se développe la psychologie de Moumine…

Une bonne partie du charme des aventures de Moumine réside dans le doux humour *nonsensique* de l'autrice, au sein d'un monde naïf et loufoque. Peintre, la Finlandaise suédophone Tove Jansson illustra elle-même ses ouvrages, dans un style simple qui fait partie intégrante de leur charme. Sous la bonhomie des Moumines se cache cependant une bonne dose de noirceur, des angoisses, de la solitude et de vrais dangers. Moins que des récits *pour* les enfants, le cycle de Moumine se révèle rapidement être des fables *sur* l'enfance.

Les autres volumes de cette attachante série sont : *Une comète au pays de Moumine* (*Kometjakten*, 1946) ; *Les mémoires de Papa Moumine* (*Muminpappans memoarer*, 1950) ; *L'été dramatique de Moumine* (*Farlig midsommar*, 1954) ; *Les Contes de la vallée de Moumine*

(*Det osynliga barnet,* 1962) ; *Papa Moumine et la mer* (*Pappan och havet*, 1965) et *Sent i november* (1970, non traduit). Il existe aussi plusieurs albums illustrés.

Jones (Diana Wynne) : *Ma sœur est une sorcière* (*Charmed Life*, 1977 — Gallimard « Folio Junior »)

Gwendoline et son jeune frère Chat ont échappé de peu au naufrage qui a coûté la vie à leurs parents. Ils sont élevés ensemble par une vieille sorcière diplômée, pas très douée et plutôt pingre, Mme Sharp. En triant les affaires des enfants, Mme Sharp tombe un jour sur un paquet de lettres signées Chrestomanci. Comment se fait-il que le père des enfants ait échangé un peu amène courrier avec le plus puissant des mages ? Lequel mage ne tarde pas à venir chercher Gwendoline et Chat, afin de les amener vivre dans son immense palais.

Las, Gwendoline reste insatisfaite : à son goût, Chrestomanci ne lui prête pas assez d'attention. Elle multiplie donc les mauvais tours — jusqu'à ce que son tuteur la punisse en lui retirant tous ses pouvoirs magiques. Pourtant, le lendemain matin, Gwendoline est bel et bien partie dans un autre monde, et à sa place, Chat découvre un parfait sosie — un imposteur.

Bourré d'univers parallèles, de magiciens fonctionnaires et de sorcières diplômées, ce roman n'est qu'un exemple parmi beaucoup d'autres de l'œuvre foisonnante de Diana Wynne Jones, la grande dame anglaise de la *fantasy* pour la jeunesse. Longtemps avant J. K. Rowling, elle a bâti un univers complexe susceptible de séduire aussi bien les adolescents que les lecteurs adultes. Encore trop peu traduite en France, elle a notamment développé un long cycle d'aventures autour de son excentrique personnage de Chrestomanci.

Kay (Guy Gavriel) : *Tigane* (1990, *Tigana* — L'Atalante)

Le nom même de leur pays est oublié. Totalement, irrévocablement, oublié : conquis par les armées du roi Brandin, le Tigane a vu ses tours blanches abattues, sa population dispersée — et son nom effacé des mémoires par un puissant sortilège des envahisseurs. Pourtant, des gens se battent encore pour reconquérir leur liberté et leur fierté, alors que la tyrannie de Brandin écrase toute la péninsule sous un joug implacable. *Tigane* est le roman de cette lutte, l'histoire d'un peuple forcé à l'oubli qui se bat pour faire renaître son pays sur un plan aussi bien réel que symbolique.

Tout l'art de Kay consiste à faire d'un roman de cape et d'épée un véritable roman politique : chatoyant et intelligent, complexe et subtil, *Tigane* est une fresque dont l'ampleur n'écrase jamais les protagonistes et les enjeux profonds. Ce pourrait presque être un roman historique (on pense notamment à l'Italie de la Renaissance), mais le décalage fictionnel introduit par l'usage de la magie (discret mais fondamental : comment oblitérer un pays du souvenir de tous !) rend universelle une très belle fable sur la tyrannie et l'aspiration des peuples à être libres.

Également passionnants et nuancés, les deux romans suivants de Kay sont construits selon le même schéma : *La chanson d'Arbonne* (*A Song for Arbonne*, 1993) et *Les lions d'Al-Rassan* (*The Lions of Al-Rassan*, 1995). Une commentatrice a parlé de « romance postromantique » : « *Ligne après ligne,* [Kay] *maintient la structure de phrase, l'ambiance, le style des* fantasy *romantiques, mais il en répudie les certitudes confortables et les archétypes courants de la majeure partie de la* fantasy, *de manière à se concentrer sur une extrapolation d'idées assez caustiques quant au pouvoir politique, social et sexuel, particulièrement par rapport aux arts*[1]. »

1. Janeen Webb, « Post-Romantic Romance », in *The New York Review of Science Fiction*, janvier 1994.

Keyes (J. Gregory) : ***L'âge de la déraison*** (*Les démons du Roi-Soleil* [*Newton's Cannon*, 1998], *A Calculus of Angels* [1999], *Empire of Unreason* [2000] — Flammarion « Imagine »)

Ce monde n'est pas le nôtre : en 1681, le savant britannique Isaac Newton a découvert la formule du plus puissant des ingrédients alchimiques, le « vrai mercure ». La révolution scientifique qui en a résulté a permis de créer de nombreuses merveilles techniques, basées sur la manipulation des quatre éléments primordiaux (la Terre, l'Air, le Feu et l'Eau) et de leurs affinités. Et c'est ainsi qu'en 1720, les maisons les plus nobles sont éclairées par une lumière artificielle, les bateaux sont propulsés par la puissance de la vapeur et les scientifiques communiquent d'un continent à l'autre via les *aetherschreibers*. Toujours vivant par la grâce d'un élixir oriental, le grand roi Louis XIV voit son pays menacé par l'avancée des Anglais. Les armées venues d'Albion font usage de nombreux progrès techniques inconnus au royaume de France — désormais, le dernier espoir réside dans une nouvelle arme que met au point l'académie des Sciences, un mystérieux engin simplement nommé le « canon de Newton ». Bien malgré elle, la jeune Adrienne de Montchevreuil, qui ne rêve que de recherche scientifique mais s'en voit empêchée par les préjugés de son époque, se retrouve propulsée sur le devant de la scène royale, en plein cœur des intrigues de la Cour. Alors que, de l'autre côté de l'Atlantique, le jeune apprenti Benjamin Franklin, découvre un secret terrifiant…

L'âge de la déraison est une série formidable, apportant au *steampunk* le souffle de la *high fantasy*, et à cette dernière ancrage historique et profondeur psychologique. D'une enivrante richesse, ce cycle galope sur des sentiers rarement explorés avant lui (on citera seulement *La Lune et le Roi soleil* [*The Moon and the Sun*, 1997 — J'ai Lu « Millénaire »] de Vonda McIntyre, un très agréable roman qui se cantonnait cependant au seul registre « aventures exotiques »).

Kilworth (Garry) : ***The Navigator Kings*** (*The Roof of Voyaging* [1996], *The Princely Flower* [1997], *Land of Mists* [1998])

Alors qu'il chassait une pieuvre géante, le jeune Kupe, l'un des meilleurs marins-explorateurs de la Polynésie, a découvert un étrange archipel loin dans le Nord. Un pays perpétuellement couvert de brouillard, où vivent des hommes à la peau trop blanche et aux cheveux couleur de feu… Ayant ramené chez lui quelques-uns de ces hommes du Nord, Kupe va devoir affronter des turbulences autrement plus périlleuses que celles du vaste océan : le roi est mort et la lutte pour la succession au trône va chasser Kupe et les siens vers d'autres rivages, à la recherche d'une terre où s'établir.

Il fallait certainement l'imagination débridée et l'immense culture de Garry Kilworth pour avoir l'idée de créer un monde d'où les grands continents sont absents, laissant seulement les îles : Grande-Bretagne, Polynésie, Australie, Nouvelle-Zélande... De cette collision audacieuse de plusieurs cultures maritimes très différentes, naît un cycle d'aventures exotiques intelligent et captivant, bouillonnant de passions et de légendes. Nourri autant par les mythes celtes (les hommes du Nord découverts par Kupe sont des Pictes) que par la mythologie polynésienne, ***The Navigator Kings*** propose une littérature d'aventure d'une richesse fascinante.

Kilworth (Garry) : *La compagnie des fées* (*A Midsummer's Nightmare*, 1996 — Masque « Abysse »)

Réduite à sa portion congrue, envahie et polluée par les touristes, la forêt de Sherwood n'est décidément plus la vaste étendue sauvage et mystérieuse qu'elle était dans l'Angleterre médiévale. Et les fées locales s'y trouvent cruellement à l'étroit. Luttant contre tous leurs instincts,

Obéron et Titania, souverains du peuple de Faërie, décident de déménager. Mais ce n'est pas là une mince affaire : Fleur de Pois, Navette, Toile d'Araignée, Graine de Moutarde et les autres fées shakespeariennes n'ont pas du tout, par définition, les pieds sur terre. Seul Puck, à la rigueur, semble vaguement familier des us et coutumes humains actuels.

Qu'à cela ne tienne : Obéron enlève un jeune mécanicien humain, et voici la troupe magique lancée sur les routes à bord d'un autocar volé.

Prenant prétexte de cette échappée féerique en territoire humain, Garry Kilworth brosse de plaisante façon une sorte de petit guide des lieux de magie de la vieille Angleterre. Éveillées par le passage d'Obéron et des siens, les anciennes puissances sortent de leur sommeil ancestral, semant le désordre dans le pays. Et tandis que l'autocar des fées se joint à un convoi de nomades modernes, hippies d'un genre nouveau circulant d'un lieu mystique à un autre (les *New Age Travellers*, un phénomène social inconnu en France), la fée Morgane commence à ourdir un sombre complot…

King (Thomas) : *Green Grass Running Water* (1993)

Régulièrement, quatre vieillards amérindiens s'échappent de leur hospice pour tenter de réparer les maux du monde — provoquant tout aussi régulièrement sur leur passage des catastrophes de diverses ampleurs. Car s'ils sont bel et bien immortels, ces quatre petits vieux ne semblent cependant pas franchement investis de la sagesse éternelle qui leur serait nécessaire. Pas plus que leur compagnon Coyote, le dieu-farceur des mythes amérindiens, responsable d'une bonne part de leurs gaffes. L'univers serait-il devenu trop compliqué pour les anciens pouvoirs ? Comme pour mieux le comprendre, Coyote se fait conter l'histoire de la genèse du monde. Mais en laquelle croire ? Les versions se succèdent, toutes différentes — peut-être complémentaires, mais ayant l'apparence de la contradiction. Pendant ce temps, la vie continue, celle d'Amérindiens bien intégrés dans la société nord-américaine comme celle de personnes restées dans les réserves.

De fil en aiguille, *Green Grass Running Water* s'élève au-dessus du statut de simple comédie (même si ce roman est *aussi* une comédie, très drôle) ou de commentaire social cocasse (ce qu'il est également, avec talent), pour atteindre celui de véritable œuvre de réalisme magique. Mais Thomas King, écrivain cherokee, ne se soucie pas des conventions de la littérature : il sort résolument des sentiers battus. Il s'amuse — et ses lecteurs avec, ravis de découvrir tant de fraîcheur, tant d'ingéniosité désinvolte, sous une forme superficiellement complexe.

Kloetzer (Laurent) : *La voie du cygne* (1999 — Folio SF)

« *Dvern, un nom rugueux qu'il fallait faire rouler plusieurs fois dans sa bouche pour s'y habituer... Dvern et ses toits noirs, creusée et construite dans le basalte du volcan qui se dressait derrière eux. Aujourd'hui la mer était d'une teinte plombée, même l'écume prenait une couleur sinistre sous ce ciel gris. L'immense pic de pierre qui donnait son nom à cette ville, cette pointe de roche haute de mille pieds, se perdait dans les nuages. Quelques lambeaux de brume s'accrochaient encore aux flancs de la Vrunka, le plateau creusé de rues comme des ravins sur lequel étaient bâtis le palais du prince et la cathédrale dédiée à l'Unique.* »

Le décor est planté : une ville sombre et froide, certainement le personnage principal de ce roman à l'élégance torturée. Jeophras Denio, inventeur de son état, qui tentait de mettre au point une machine volante, va devoir endosser le rôle de détective pour tirer sa fille des geôles où elle a été jetée. On l'accuse du meurtre du prince de la cité, rien de moins ! Ayant eu lieu au cours d'une partie de jeu de l'Oie, le crime trouve sans doute son explication dans le passé des joueurs. Denio va donc se plonger dans une véritable archéologie des nobles du royaume, une exploration sautant de case en case sur le plateau d'une cité qui se confond peu à peu avec celui du jeu de l'Oie…

Admirable mélange d'intrigue policière et de perversité pseudo-Renaissance, le deuxième roman de Laurent Kloetzer (situé dans le même décor que son premier, *Mémoire vagabonde* [1997]) sait être tour à tour suave et sauvage, primesautier et noir, dandy et cruel. Quel panache !

Kushner (Ellen) : *Swordspoint* (1987)

Les hasards du classement alphabétique font bien les choses : la rencontre est remarquable entre l'inspiration d'un jeune Français (Laurent Kloetzer) et celle d'une autrice nord-américaine (Ellen Kushner). Les deux sont arrivés, de manière indépendante, à un résultat aussi particulier que similaire : tant *Mémoire vagabonde* que *Swordspoint* créent une « *fantasy* des manières » (ainsi fut baptisée l'œuvre de Kushner par les commentateurs anglo-saxons), une pseudo-Renaissance héritière de l'imagerie du *Prisonnier de Zenda* et d'Alexandre Dumas, hantée par des dandys décadents réglant leurs conflits à la pointe de l'épée. Avec chaque fois une langue raffinée, d'une élégance qui façonne l'ambiance de l'œuvre : « *Que le conte de fées débute un matin d'hiver, alors, avec une goutte de sang nouvellement tombée sur l'ivoire de la neige : une goutte aussi brillante qu'un rubis bien taillé, rouge comme une tache isolée de clairet sur une manche de dentelle. Et il s'ensuit par conséquent que le mal se cache derrière chaque fenêtre brisée, préparant ses perversités et ses enchantements ; tandis que derrière les volets tirés le bien dort du sommeil du juste en ces petites heures de Riverside. Bientôt, ils se lèveront pour se rendre à leur travail ; et l'un d'entre eux, peut-être, sera aussi beau que le jour, armé, comme le sont les bons, pour un triomphe prédestiné…* »

Roman à fleuret non moucheté, *Swordspoint* conte les exploits de Richard Saint Vier, le plus fameux des tueurs de Riverside. « *Est-il possible, alors, qu'un étudiant raté et dissolu trouve le bonheur avec un bretteur dont l'image demande qu'il meure jeune ? Après tout… c'est un conte de fées, plus ou moins. Mais dans un roman qui commence avec Saint Vier sautant un mur et s'enfuyant dans des rues sans éclairage pour fuir, non pas le châtiment du meurtre qu'il vient juste de commettre, mais les compliments écœurants de la foule sur son style, il ne faut rien prendre pour argent comptant*[1]. »

1. Michael Swanwick, « Dans la tradition… », in *Fées & Gestes*, Bifrost / Étoiles Vives, 1998.

Si riche est l'univers de Riverside que l'autrice y est déjà revenue à plusieurs reprises dans des nouvelles, et qu'elle prépare (avec sa compagne Delia Sherman) d'autres romans sur cette étonnante cité. Bien sot serait celui qui s'en plaindrait, si elles parviennent à maintenir un tel niveau d'excellence.

Kushner (Ellen) : *Thomas le rimeur* (*Thomas the Rhymer*, 1990 — Hoëbeke « Bibliothèque elfique »)

Thomas ne rêvait que d'une chose : devenir le meilleur des troubadours. Et il l'est devenu. Pour son plus grand malheur. Car parmi tous les souverains qui désiraient l'entendre, il en était un — ou plutôt une — que Thomas aurait mieux fait de ne pas approcher : la Reine de la Faërie. Entraîné pour sept ans dans le royaume des fées, Thomas en reviendra changé...

Thomas the Rhymer est l'une des plus célèbres ballades du folklore anglais. Fameux en particulier sont ces quelques vers :

> « *Ne vois-tu pas l'étroit chemin*
> *Barré d'épines et de genêts ?*
> *C'est le chemin de la vertu*
> *Que si peu cherchent à trouver.*

Et vois-tu cette route si large,
Et douce et toute parsemée de fleurs ?
C'est la grande route du mal
Mais d'aucuns disent qu'elle mène au Paradis.

Et vois-tu ce joli sentier
Monter la colline herbeuse ?
C'est là le chemin de la Faërie
Où toi et moi pouvons aller. »

S'en inspirant, Ellen Kushner a écrit un des plus poétiques romans de la *fantasy* moderne, conté successivement par différents témoins de la vie de Thomas. Un roman bouleversant, une pure merveille.

Lagerlöf (Selma) : *Le merveilleux voyage de Nils Holgersson à travers la Suède* (*Nils Holgerssons underbara resa genrom Sverige,* 1906 — Actes Sud « Lettres scandinaves »)

En 1904, le ministère suédois de l'Éducation, à la recherche d'un bon moyen d'enseigner la géographie de leur pays aux enfants des écoles, demanda à l'une des plus célèbres autrices locales d'écrire un ouvrage qui remplirait cette fonction. Selma Lagerlöf se mit alors à parcourir l'immensité de la Suède (« *Il ne faut pas oublier qu'en basculant la Suède selon son axe nord-sud, autour de sa pointe méridionale, sa pointe nord arriverait aux environs de Rome* ») pour l'observer le mieux possible, prenant note de tous les détails dont elle nourrirait son œuvre et collectant les légendes qui seraient incorporées au récit. En 1906, la première édition parut de ce qui devint très vite l'un des piliers de la littérature suédoise.

Le prétexte du voyage est établi par les mésaventures d'un jeune garçon. Insupportable trouble-fête, Nils Holgersson est laissé seul par ses parents pendant que ceux-ci vont à l'église. Bien qu'une punition l'attende s'il n'a pas studieusement appris le sermon, Nils s'endort — seulement réveillé par l'approche discrète d'un être minuscule : un *tomte.* Nils s'empresse de jouer un mauvais tour au lutin qui ne l'avait pas vu, mais sa punition est sévère : Nils se retrouve réduit à la taille d'un *tomte.* Une troupe d'oies sauvages, passant au-dessus de la ferme, incite au même moment les oies domestiques à les suivre dans leur grande migration. Le jars Martin s'envole et Nils, oubliant qu'il n'est maintenant pas beaucoup plus gros qu'une souris, bondit sur lui pour le retenir… Ainsi débute son merveilleux voyage. Nils vivra durant un an en compagnie des oies sauvages, partageant le sort du jars Martin et volant sur son dos au-dessus des paysages suédois.

En cinquante-cinq chapitres, le lecteur suit

fasciné les aventures du petit garçon et des oies, il découvre quantité de légendes et de faits, explore la Suède avec minutie et poésie, s'arrête sur telle ou telle péripétie… Lorsque le roman menace de s'enliser dans le didactisme, aussitôt surgit le renard Smirne qui relance l'intrigue. Tour à tour récit géographique, conte pour enfant, légende pour adulte, *fantasy* animalière et chronique sociale, *Le merveilleux voyage de Nils Holgersson à travers la Suède* est un renversant tour de force narratif.

Longtemps disponible en France uniquement dans une version tronquée, le chef-d'œuvre de Selma Lagerlöf a fait l'objet en 1990 d'une version intégrale chez Actes Sud, particulièrement soignée (fondée sur l'édition définitive de 1981 en langue suédoise réformée, mais enrichie des illustrations de 1931 par Bertil Lybeck). Des rééditions ont depuis été effectuées en format de poche[1].

Lee (Tanith) : ***Le Dit de la terre plate*** (***Tales From the Flat Earth***, 1978-1987 — Pocket « Fantasy »)

Constituée de cinq volumes (*Le maître des ténèbres* [*Night's Master*, 1978], *Le maître de la*

1. Surveillez qu'il s'agit bien de la traduction de Marc de Gouvernain & Lena Grumbach, et non d'une version coupée.

mort [*Death's Master*, 1979], *Le maître des illusions* [*Delusion's Master*, 1981], *La maîtresse des délires* [*Delirium's Mistress*, 1986] et *Les sortilèges de la nuit* [*Night's Sorceries*, 1987]), ***Le Dit de la terre plate*** est une ambitieuse série mythologique située sur une Terre parallèle régie par des règles physiques différentes des nôtres : cette Terre est plate, comme dans les croyances anciennes, et gouvernée par des créatures divines. Tanith Lee a fait du cycle non pas un feuilleton mais un ensemble de récits plus ou moins indépendants et de tailles variées : contes appartenant au folklore de ce monde, romans à suites, nouvelles. Le tout brosse le portrait complexe d'un univers à la fois familier (toutes les légendes présentées s'approchent de la mythologie chrétienne) et perverti (c'est finalement le Satan local qui va sauver le monde de la damnation qu'il avait provoquée). Stylistiquement, ***Le Dit de la terre plate*** ne sera pas forcément au goût de tout le monde : Tanith Lee utilise une langue baroque, précieuse, souvent presque déclamatoire. La narration est très en retrait des événements, ce qui implique une froideur en contraste étonnant avec les outrances et la sensualité de certains des épisodes.

Le résultat, globalement, donne l'impression de lire une sorte de *Mille et Une Nuits* inconnu, le témoignage fascinant et étrange de la mythologie d'une autre civilisation que la nôtre.

Le Guin (Ursula K.) : ***Terremer*** (*Le sorcier de Terremer* [*A Wizard at Earthsea,* 1968], *Les tombeaux d'Atuan* [*The Tombs of Atuan,* 1970], *L'ultime rivage* [*The Farthest Shore,* 1972]) — Robert Laffont « Ailleurs et demain »)

Terremer est l'un des premiers chefs-d'œuvre de la *fantasy* moderne. La structure de l'histoire apparaît classique : un *bieldungsroman* (roman d'apprentissage) magique. On suit toute la vie de Ged, depuis son enfance sur l'une des îles de l'archipel jusqu'à son avènement au statut de grand mage de ce monde. Devenue cliché de la BCF, cette structure était encore neuve à l'époque, et Le Guin y ajouta une profondeur de regard ainsi qu'un souci de réalisme qui n'ont toujours pas réellement été égalés depuis. Le décor de la saga est mémorable — un monde essentiellement maritime, où l'humanité vit sur des îles dispersées, survolées par des dragons. La rationalisation de la magie l'est plus encore : l'autrice tenta de présenter une théorie logique, en élaborant tout un fonctionnement lié au pouvoir des noms. Enfin, des aspects psychanalytiques forment les soubassements de la trilogie (maintenant souvent publiée sous forme d'un unique volume).

Ursula Le Guin fut peut-être la première intellectuelle à s'intéresser sérieusement à la *fantasy*, dans les années 1970. À travers ses essais (réunis dans *The Language of the Night*, 1979) comme à travers ses fictions (*Chroniques orsiniennes* [*Orsinian Tales,* 1976], *Malafrena* [1979], *Le commencement de nulle part* [*The Beginning Place*, 1980] et des romans pour enfants), elle travailla à faire de la *fantasy* un genre adulte, à une époque où cela n'était vraiment pas chose acquise. Elle est revenue en 1990 à ***Terremer***, avec le roman *Tehanu* (qui pousse peut-être un peu trop loin l'obsession logique et transforme la saga en science-fiction), et a livré depuis quelques longues nouvelles situées dans ce monde.

Leiber (Fritz) : le ***Cycle des épées*** (***Fafhrd and the Gray Mouser***, 1939-1988 — Pocket « Fantasy »)

On dit que Fritz Leiber forgea le terme « *sword and sorcery* » pour définir le style de *fantasy* qu'il écrivait : une *fantasy* pleine de bruit et de fureur, de sortilèges anciens et de combats à l'épée.

Fafhrd est un barbare blond venu du Nord et le Souricier gris un petit bonhomme rusé. Tous deux paillards et provocateurs, un peu voleurs, franchement « *losers* », ils se mettent sans cesse dans des situations difficiles. Et ils n'ont pas toujours le dessus. Car le ***Cycle des épées*** n'a rien de primaire : la force n'y est pas toujours du côté des personnages principaux, les héros ne sont pas toujours... héroïques, et le monde de Nehwon (anagramme de *No-when*, « nulle part dans le temps ») n'a rien de très solide, tant il est ouvert au passage de dimensions parallèles et de voyageurs temporels. Quant aux récits de Leiber, écrits sur une période de cinquante ans, ils couvrent à peu près tout le spectre de la *fantasy* — plus un peu de science-fiction et d'horreur, pour faire bonne mesure. Parfois drôles, parfois dramatiques, tour à tour légers ou poignants, horrifiques ou introspectifs, ils ont ensuite nourri l'imaginaire de plusieurs générations d'écrivains. Contrairement à Michael Moorcock, trop particulier pour influencer grand monde, et à Robert Howard, qui ne donna naissance qu'à un sous-genre vite dépassé, Leiber marqua de son empreinte toute la *fantasy*. Steven Brust s'impose comme son principal héritier, mais il faudrait aussi citer Megan Lindholm (les ***Windsingers***), Barbara Hambly (les ***Sun Wolf***), Daniel Hood (les ***Fanuilh***), Simon Green (les ***Hawk & Fisher***), et encore beaucoup d'autres œuvres récentes.

Le ***Cycle des épées*** se décline en intégralité sur sept volumes, comprenant romans et nouvelles : *Épées et démons* (*Swords and Deviltry*, 1970), *Épées et mort* (*Swords Against Death*, 1970), *Épées et brumes* (*Swords in the Mist*, 1968), *Épées et sorciers* (*Swords Against Wizardry*, 1968), *Le royaume de Lankhmar* (*The Swords of Lankhmar*, 1968), *La magie des glaces* (*Swords and Ice Magic*, 1977) et *Le crépuscule des épées* (*The Knight and Knaves of Swords*, 1988).

Lewis (C. S.) : ***Narnia*** (*The Lion, the Witch and the Wardrobe* [1950], *Prince Caspian* [1951], *The Voyage of the « Dawn Treader »* [1952], *The Silver Chair* [1953], *The Horse and His Boy* [1954], *The Magician's Nephew* [1955] et *The Last Battle* [1956] — Flammarion « Castor Poche »)

Hébergés à la campagne chez un oncle durant le Blitz de Londres, quatre enfants anglais (Peter, Susan, Lucy et Edmund), découvrent au fond d'une vieille armoire, derrière les manteaux de fourrure conservés là, un passage vers un autre monde : Narnia. Les vieux manteaux font peu à peu place à des branches, puis à des arbres et à un véritable sous-bois, jusqu'à une petite clairière éclairée par… un lampadaire ! Toute la forêt ploie sous la neige. Car le monde de Narnia est prisonnier d'un sortilège : descendante de Lilith, la Sorcière blanche y a pris le pouvoir, figeant tout le pays dans un hiver éternel. La population de Narnia — faunes, animaux qui parlent, nains, dryades, etc. — est tenue sous un règne de terreur. Les rares apparitions du Père Noël, symbole de joie de vivre, sont cruellement punies : tous les convives de ce genre de fête sont immédiatement transformés en statues. Et bien d'autres monuments de ce genre encombrent la cour et le palais de la Sorcière blanche. Une résistance existe, qui va prendre l'arrivée des « fils et filles d'Ève » comme prétexte pour provoquer la libération de Narnia.

Ainsi débute le premier volume du cycle, *The Lion, the Witch and the Wardrobe* (1950 — diversement traduit en France sous les titres *Le Lion et la Sorcière blanche* ou *L'armoire magique*). Le combat contre la Sorcière blanche s'achèvera par la fin de l'hiver et le retour du grand lion Aslan — une figure christique, fils du « Roi d'au-delà des mers ». Les quatre enfants d'Ève deviendront rois et reines de Narnia, en leur blanc palais de Cair Paravel — jusqu'au jour où, devenus relativement âgés, ils retrouveront le lampadaire dans la forêt lors d'une partie de chasse… et redeviendront enfants, dans l'armoire magique, où ils venaient de pénétrer.

Dans le deuxième volet du cycle, *Prince Caspian* (1951 — diversement traduit en France sous les titres *Prince Caspien* ou *Le Prince Caspian*), les quatre mêmes enfants se trouvent arrachés au quai d'une gare et projetés dans les ruines d'un palais abandonné depuis longtemps — Cair Paravel ! Car le temps à Narnia ne s'écoule pas de la même manière que sur Terre : de nombreux siècles se sont écoulés sur le monde d'Aslan depuis le règne des quatre fils et filles d'Ève. Des humains de la Terre ont pénétré en Narnia et l'ont conquis, faisant disparaître presque toute la magie de ce monde — même le grand lion Aslan est devenu presque invisible, incapable de revenir seul en Narnia. Un prince de sang ancien, pourtant, a été élevé : le jeune Caspian, maintenant en bien mauvaise posture car réfugié dans un vieux cairn avec le reste de son armée et entouré par les forces humaines. C'est lui qui, en soufflant par mesure de désespoir dans le cor magique de Susan, a rappelé les quatre rois et reines d'antan.

Ami de Tolkien, C. S. Lewis composa pour la jeunesse ces deux romans, qui se sont imposés dans la littérature anglo-saxonne comme des classiques indémodables. Emplis d'images fortes et de situations passionnantes, faisant usage de motifs celtes et antiques sur une base ouvertement chrétienne, *L'armoire magique* et *Le Prince Caspian* se suffisent à eux-mêmes. Ce sont deux œuvres marquantes de la *fantasy*, des pivots du genre presque au même titre que le *Seigneur des Anneaux**. Mais Lewis décida de leur donner des suites : ce furent *Le voyage de la Belle Aurore* (*The Voyage of the Dawn-Treader*, 1952 — les aventures de Lucy, Edmund et leur cousin Eustace avec Caspian à travers les mers de Narnia), *Le trône d'argent* (*The Silver Chair*, 1953 — Eustace et une amie doivent sauver Narnia alors que Caspian est devenu très âgé), *The Horse and his Boy* (1954 — une aventure sans grand intérêt située dans un royaume proche de Narnia), *The Magician's Nephew* (1955 — la création du monde de Narnia) et *The Last Battle* (1956 — seul volume où Lewis retrouva la puissance d'inspiration des débuts de ***Narnia***, avec la fin et la résurrection du royaume magique).

Lindholm (Megan) : *Wizard of the Pigeons* (1986)

Le commun des mortels ne jette jamais le moindre regard aux clochards. Ainsi les magiciens peuvent-ils passer inaperçus, perdus au sein du peuple des rues. Car la magie n'est pas une affaire d'esbroufe, c'est plutôt l'art de survivre ;

pas d'effets de manches, pas de baguettes magiques, pas de transformations sensationnelles. La magie, c'est le don de manger gratuitement dans un *fast-food* sans être remarqué, c'est le fait de donner à manger aux pigeons des parcs et de les comprendre empathiquement. La magie, ce sont ces gens qui s'assoient aux côtés d'un clochard dans le bus, lui parlent sans le regarder (sans le voir) et s'en vont rassérénés. La magie, c'est une curieuse boutique de jouets et de mannequins près d'un échangeur de voies rapides. C'est Wizard, vétéran du Viêt Nam et clochard à Seattle. C'est aussi Cassie, chaque fois la même sans jamais être semblable, une femme qui sait toujours où les autres magiciens peuvent avoir besoin d'elle.

Cassie vit au vingtième étage d'un immeuble qui n'en compte que cinq, dans un quartier qui aurait existé à Seattle s'il n'avait pas été rasé... Mais son influence bénéfique tend à céder face aux attaques de plus en plus nombreuses de Mir le Gris, un ennemi de Wizard qui traque ce dernier, blesse son chat, apporte la terreur au petit jour. Mais qui (ou quoi) est donc Mir le Gris ? Et Wizard, qui n'a pas de mémoire ? L'ordre magique des choses se dégrade peu à peu dans la cité de Seattle.

Wizard of the Pigeons est un roman feutré, mystérieux, tour à tour sombre et tendu, ou tendre et lumineux. Discrètement, son charme opère. Acclamé par la critique comme une réussite majeure, devenu ouvrage culte, *Wizard of the Pigeons* a cependant été un échec commercial, tout comme les quelques autres romans de Megan Lindholm. Au point que l'autrice a depuis été obligée de changer de patronyme, devenant Robin Hobb pour écrire une saga de BCF (*L'apprenti assassin*) — assurément moins personnelle, mais beaucoup plus populaire.

Lynn (Elizabeth A.) : les ***Chroniques de Tornor*** (1979-1980 — Lattès « Titres-SF »)

Premier volume des ***Chroniques de Tornor***, *La tour de guet* (*Watchtower*, 1979), s'attache aux pas de deux personnages : Ryke, ancien commandant de la garde de la forteresse nordique de Tornor, qui depuis l'invasion fait mine de servir le conquérant, Col Istor ; et le jeune Errel, fils survivant du seigneur de Tornor. Ensemble, ils parviennent à s'enfuir vers le mystérieux refuge de Van. Habitués à la violence et au froid, ils découvrent une vallée utopique, où une microsociété de danseurs-guerriers s'est formée autour de son chef spirituel, Van. Là, ils apprendront que la tendresse existe. Là, ils prépareront la reconquête de Tornor.

La tour de guet est remarquable pour de nombreuses raisons : le fait qu'il s'agisse d'un roman lisible indépendamment du reste de la trilogie, d'abord, et non d'un simple épisode de feuilleton. Ensuite, le traitement très réaliste des sociétés en présence : le brutal royaume d'Anhard et l'idyllique vallée de Van. Lynn se livre à un véritable exposé sociologique, sans en avoir l'air. La vallée elle-même représente l'irruption de la thématique « écotopique » (héritée de la science-fiction des années 1970[1]), au sein d'un ouvrage de *fantasy* médiévalisante. Enfin, l'homosexualité affichée comme normale, si elle n'a plus grand-chose de novateur de nos jours, demeure d'une justesse et d'une subtilité touchantes.

Le deuxième volume, indépendant comme le premier, sortit fin 1979. *Les danseurs d'Arun* (*The Dancers of Arun*) fait usage d'une intrigue similaire à *La tour de guet*, se centrant cette fois sur le destin d'un jeune scribe, Kerris, tourmenté par sa différence : il a des dons… inhabituels. Emporté par les *chaerris*, les danseurs-guerriers, il est emmené à la vallée de Van afin d'y découvrir ce que sont réellement ses pouvoirs de sorcier. Situé quelques années après *La tour de guet, Les danseurs d'Arun* permet d'explorer plus à fond le pays de Tornor, et d'étudier son évolution…

… qui se poursuit dans *La fille du Nord* (*The*

1. Voir *Écotopie* d'Ernest Callenbach (1975) ou *Transit* de Pierre Pelot (1977), par exemple.

Northern Girl, 1980). Les années ont passé, encore une fois, et *La fille du Nord* évolue de la grande ville de Kendra-du-Delta à la forteresse du nord, sur fond de querelles politiques et de changements sociaux. Si attachant et réaliste était le pays de Tornor qu'on aurait bien aimé continuer à en suivre l'histoire. D'autant que des mystères demeuraient : en particulier le devenir des danseurs, réalité dans *Les danseurs d'Arun* et légende déjà presque oubliée dans *La fille du Nord*. Hélas, Elizabeth Lynn tourna une page et abandonna là ce qui demeure sa création la plus remarquable.

McAvoy (Roberta A.) : ***A Trio for Lute*** (*Damiano* [1983], *Damiano's Lute* [1984], *Raphael* [1984])

La guerre menace constamment, dans cette Italie de la Renaissance où la magie existe en parallèle avec les créatures de Dieu et du Diable. Pour l'archange Raphaël, mentor et professeur de musique du jeune Damiano Delstrego, il est bien difficile de préparer son pupille à tous les pièges de la vie terrestre. D'autant que Damiano est fils de magicien, alchimiste lui-même, et héritier de pouvoirs inquiétants… Ensemble, l'archange et le jeune musicien cheminent à travers un pays semé d'embûches, à la recherche de la paix. Ils ne rencontreront qu'ennemis et douleurs — ayant abandonné ses pouvoirs magiques, Damiano trouvera la mort à la fin du deuxième volume de la trilogie et, dans un étrange retournement de situation, deviendra le conseiller spirituel de Raphaël, tombé sur terre suite à ses funestes contacts avec son frère Lucifer.

Cette trilogie (réunie en 1985 sous le titre global ***A Trio for Lute***) figure parmi les jalons essentiels de l'évolution de la *fantasy*. Tour à tour lyrique et fiévreuse, elle suit les pas de deux héros particulièrement attachants — j'allais écrire : « humains », et ils le sont effectivement, en dépit de la nature angélique de Raphaël. Une belle fable, dont la moindre des qualités n'est pas le décor italien, brossé avec finesse.

Malory (Thomas) : *Le roi Arthur et les chevaliers de la Table ronde* (*Le Morte d'Arthur*, 1485 — l'Atalante)

Rédigé avant 1471 mais réuni en volume seulement en 1485, *Le Morte d'Arthur* est le texte refondateur de la tradition arthurienne. On suppose que son auteur en était le Sir Thomas Malory de Newbold Revel (Warwickshire), qui l'aurait rédigé alors qu'il croupissait en prison. En revanche, on ignore si Malory a inventé quelque partie que ce soit de son récit, ou s'il a tout compilé depuis des sources précédentes, orales ou écrites. Certains commentateurs estiment que les épisodes concernant Sir Gareth sont une création de Malory. Une seule chose est certaine : partant de la Matière de Bretagne, Malory établit une version cohérente d'une légende jusqu'alors dispersée, constamment réécrite, enrichie et déformée.

Si, en France, nous pouvons aisément nous référer à Chrétien de Troyes, les écrivains anglo-saxons pour leur part prirent comme base *Le Morte d'Arthur* et développèrent toute la tradition/relecture arthurienne moderne à partir de ce récit.

Milne (A. A.) : *Winnie l'ourson* (*Winnie-the-Pooh* [1926] et *The House at Pooh Corner* [1928] — Livre de Poche « Jeunesse »)

Milne déclara dans son autobiographie qu'il n'avait pas inventé les personnages de ses livres : il s'était simplement inspiré des jouets de son fils. Il semble pourtant évident que, de cette ménagerie hétéroclite, il sut tirer une mini-société où chacun peut reconnaître des amis ou un membre de sa famille. Car sous la forme de petites fables, apparemment très simples et légèrement idiotes tant elles sont *non-sensiques*, c'est bien à l'universalité que Milne est parvenu. Chaque nouvelle formant les deux recueils de Winnie est une aventure dérisoire, provoquée par la naïveté des protagonistes : Winnie l'ourson de peu de cervelle, un petit cochon trouillard, un lapin casanier, un âne pessimiste, un hibou ignare et pontifiant, un tigre à l'enthousiasme envahissant… Chacun, avec ses défauts et ses manies, incarne avec une tendre ironie un archétype d'individu — enfant ou adulte. Le charme qui se dégage des péripéties du petit monde de Winnie est comparable à celui des contes zen d'un Kenji Miyazawa, par exemple (lire notamment *Traversée de la neige*, chez Le Serpent à Plumes, « Motifs », 1991). Certains commentateurs modernes ne s'y sont pas trompés, d'ailleurs : des recueils taoïstes inspirés par Winnie sont disponibles de nos jours, et Frederick C. Crews parodia l'œuvre de Milne en l'étudiant avec des grilles marxiste, freudienne, etc. (*The Pooh Perplex*, 1963).

Les productions Disney surent également faire fructifier l'universalité de Winnie, mais en la transformant à leur manière habituelle : d'abord en dotant Winnie d'un fort accent américain, puis en multipliant les dessins animés et les produits dérivés autour du personnage. Que l'œuvre d'origine ait survécu intacte à cette avalanche (et que même les versions de Disney conservent une bonne part du charme de l'original) constitue un superbe témoignage, à la fois de la force de la création de Milne et du talent d'illustrateur de Shepard.

Moorcock (Michael) : ***Elric*** (1961-1994 — Pocket « Fantasy »)

Prince albinos condamné à porter l'épée Stormbringer, Elric de Melniboné apparaît comme une des plus grandes figures mythiques créées par la *fantasy*. Son monde est, comme celui de ***Conan****, situé à une époque tellement éloignée que tout souvenir s'en est perdu dans les limbes du temps — une civilisation précédant la nôtre de dix mille années, jonchée pourtant des ruines laissées par d'autres passages de l'homme, un monde où la magie est maîtresse des éléments.

Michael Moorcock créa Elric à l'aube de sa carrière d'écrivain, en 1961 (dans la revue britannique *Science Fantasy*). Il tua son personnage en 1965, mais y revint pourtant, créant encore et encore de nouvelles aventures. L'œuvre de Moorcock est comme un grand théâtre, où l'auteur ne cesse d'agiter les mêmes marionnettes — y compris lorsqu'il en change les noms. Tout à la fois héros et antihéros, victime et coupable, romantique et cynique, poète et assassin, la haute silhouette tragique d'Elric hante tout le « multivers » sous les incarnations multiples du Champion Éternel.

L'intégrale d'***Elric*** peut se trouver chez Pocket, avec par ordre chronologique interne : *Elric des dragons* (*Elric of Melnibone*, 1972), *La forteresse de la perle* (*The fortress of pearl*, 1989), *Le navigateur sur les mers du destin* (*The Sailor on the Seas of Fate*, 1976), *Elric le Nécromancien* (*The Weird of the White Wolf*, 1977), *La sorcière dormante* (*The Sleeping Sorceress*, 1971), *La revanche de la rose* (*The Revenge of the Rose*, 1991), *L'épée noire* (*The Bane of the Black Sword*, 1977), *Stormbringer* (*Stormbringer*, 1977) *et Elric à la fin des temps* (*Elric at the End of Time*, 1984) — volumes auxquels on peut ajouter les **Contes du loup blanc** (***Tales of the White Wolf***, 1994 — *Par-delà le multivers* et *La gloire d'Elric*), une excellente anthologie d'histoires mettant en scène Elric écrites par d'autres auteurs.

Okri (Ben) : *La route de la faim* (*The Famished Road*, 1991 — Robert Laffont)

Les esprits vivent dans une dimension aiguemarine, en compagnie des autres créatures du rêve et des mythes, une existence infinie et heureuse dont seul le cycle de la naissance et de la mort peut les séparer. Car les esprits naissent parfois sur la Terre, incarnés en hommes ou en femmes. Certains s'en accommodent fort bien, comme le roi des esprits, parfois représenté comme un énorme chat à la barbe rouge et aux yeux de saphir, qui plonge périodiquement dans le flot de la vie terrestre et en ressort toujours avec une nouvelle existence passionnante, géniale, bénéfique à l'univers. D'autres esprits refusent l'esclavage de la chair et, avant de naître, prononcent un serment selon lequel ils reviendront au plus vite dans le monde des esprits. Ceux-là déséquilibrent le cycle des naissances et des morts, ils gardent durant leur séjour terrestre un souvenir et des pouvoirs de leur origine.

Ainsi est Azaro, enfant-esprit né dans un village d'Afrique noire. Depuis sa plus jeune enfance, il a des visions étranges, des prémonitions, il peut également entendre les pensées des autres… *La route de la faim* relate sa vie, au sein d'une petite communauté que domine la figure baroque d'une barmaid vampire. Entre survie au quotidien et contes traditionnels, miracles réguliers et magouilles politiciennes, ce roman crée pour l'Afrique noire l'équivalent du « réalisme magique » sud-américain de García Márquez. Pleine de drames et de surprises, emplie d'une conception enchanteresse, fondamentalement optimiste, de la vie, cette œuvre d'un écrivain nigérien de langue anglaise a obtenu en 1991 le très convoité prix Booker. Depuis, Okri lui a donné deux suites (curieusement non traduites en France) : *Songs of En-*

chantment (1993) et *Infinite Riches* (1998), riches de la même fraîcheur et de la même magie. Plus classique, quoique très agréable, *Étonner les dieux* (1995, *Astonishing the Gods*) est un conte moderne sur un homme qui décide d'affronter les dieux de son île.

O'Leary (Patrick) : *The Gift* (1997 — à paraître chez Rivages)

Un conteur monte à bord d'un bateau et, comme il est de coutume, doit payer son voyage par son art : il raconte des histoires à l'équipage. Il s'y applique donc, cependant que les monstres rôdent dans la mer… *The Gift* n'est pas un livre facile à résumer : les histoires s'y superposent comme des poupées gigognes. L'auteur déclare d'ailleurs sur son site web que son roman « *parle des derniers faiseurs de magie sur Terre. Il parle d'histoires. J'aimerais bien pouvoir vous en dire plus. Mais l'une des choses que j'ai essayé de faire était d'écrire un livre qui serait indescriptible. Je n'envie pas les chroniqueurs dont le travail sera de "résumer"* The Gift. » En effet… Impossible de parler d'un tel roman sans commencer à décrire chaque histoire successivement. Je me contenterai donc d'évoquer le fait que O'Leary (dont c'est le deuxième roman — son premier était une belle histoire de voyage temporel) parle des implications de la mort et du devoir sur le monde, qu'il tente d'étudier la signification de la magie dans notre vie de tous les jours. À la fois cruellement réaliste et merveilleusement imaginatif, c'est un roman remarquable, passionnant, magnifiquement écrit, plongeant aux racines du récit d'aventures et du conte de fées. Seulement comparable au chef-d'œuvre de Peter S. Beagle, *Innkeeper's Song**, *The Gift* ne lui est pas inférieur.

« The Gift *exploite avec habileté les détours habituels de la* fantasy *sans tomber dans ses pièges. En bon alchimiste, Patrick O'Leary a transformé son traitement de texte en une sorte de flûte magique, sur laquelle il joue des mélodies fictives et envoûtantes qui nous évoquent d'étranges brouillards, des dragons énigmatiques et les mystères cachés de la nature humaine. Le résultat final est un hymne au terrible et superbe don du conteur, de la part de quelqu'un qui sait nous le faire partager*[1]. »

Pagel (Michel) : *Les flammes de la nuit* (2000 — Denoël « Lunes d'encre »)

« Dix années, le soleil jaune avait brillé sur le pays de Fuinör. Dix années de rêve, le bleu du

1. James Morrow, sur le site web de l'auteur.

ciel s'était reflété dans l'océan, dont déferlaient les vagues sur des plages au sable doré. Dix années d'espoir, le cœur des forêts avait été marqué d'un vert profond. Dix années d'amour, au château du roi, le teint des gentes dames s'était orné de rose. Dix années de haine, le sang des blessés avait coulé pourpre. Quand parut la dernière aube de la décennie, l'enchanteur arriva au seuil de la contrée du miroir. Il avait quitté son domaine forestier depuis de longues journées pour accomplir ce pèlerinage à la nature, au miroir, comme il le faisait tous les dix ans, chaque fois que changeait le soleil. »

C'est au début de la décennie du soleil vert que naît Rowena, princesse royale. Comme à chaque naissance de haut rang arrivent les fées, chacune pour offrir un don : la beauté, l'habileté, la fidélité à son époux... Non, pas l'intelligence : dans ce monde strictement agencé, immuable, les femmes n'ont surtout pas le droit de réfléchir. Pourtant, caché dans un coin du château, l'enchanteur fait en sorte que pour la première fois une enfant reçoive le don d'intelligence...

Étrange monde que celui de Fuinör : superficiellement, il ressemble fort à un royaume de conte de fées, qu'on croirait tout droit sorti des clichés d'un film comme *Cendrillon*. Tout y est : le château, les chevaliers, l'enchanteur qui rappelle Merlin, les bonnes fées qui se penchent sur le berceau de la princesse… Mais ce n'est qu'une façade, sous laquelle se cachent toutes les perversions d'un mythe figé. Un monde sclérosé, construit sur l'injustice et l'arbitraire. Les fées sont les gardiennes de l'ordre établi — bonnes ou mauvaises ? Les choses sont plus nuancées qu'elles ne le paraissent au premier regard… Catalyseur du changement, Rowena va lutter contre les préjudices, proférer blasphème sur blasphème, jusqu'à son exil au Pays de la folie — et le début de sa véritable quête.

Poussant jusqu'à leur extrémité les clichés du conte de fées révisé à la sauce Disney, Michel Pagel dévoile d'une griffe cruelle l'envers des mythologies enfantines. *Les flammes de la nuit* est une œuvre de *fantasy* arrivée à maturité, une œuvre de *fantasy* qui réfléchit sur elle-même et qui, sans rien renier de son appartenance à la littérature d'aventure, parvient à se renouveler par l'examen de ses propres archétypes. Passionnante et totalement originale, l'une des rares œuvres françaises de *fantasy* s'impose comme une réussite majeure.

Peake (Mervyn) : ***Gormenghast*** (1946-1956 — Phébus)

« *Gormenghast, du moins la masse centrale de la pierre d'origine, aurait eu dans l'ensemble une architecture assez majestueuse, si les murs extérieurs n'avaient été cernés par une lèpre de demeures minables. Ces masures grimpaient le long de la pente, empiétant l'une sur l'autre jusqu'aux remparts du château, où les plus secrètes s'incrustaient dans les épaisses murailles comme des arapèdes sur un rocher. Une ancienne loi permettait à ces taudis de vivre dans une intimité glaciale avec la forteresse qui les surplombait. Sur les toits irréguliers s'allongeaient, saison après saison, les ombres des contreforts rongés par le temps, des tourelles altières et brisées, et surtout la grande ombre de la tour des Silex.* »

Soixante-dix-septième comte de Groan, le jeune Titus hérite de tout le poids de Gormenghast : le château, le royaume environnant, les rituels et les traditions dont l'origine se perd dans la nuit des temps, les habitants étranges qui peuplent les corridors mal éclairés… Œuvre d'un illustrateur satirique fort célèbre en son temps, le cycle de ***Gormenghast*** s'impose dans la *fantasy* (et plus largement, dans la littérature anglaise) comme un véritable monument. Anthony Burgess ne le décrivait-il pas comme « *agressivement tridimensionnel* » ? Le cycle frappe en tout cas par son aspect *sui generis* : aucune œuvre précédente ne peut lui être comparée. Entre farce et saga épique, les deux volumes principaux du cycle (*Titus d'Enfer* [*Titus Groan*, 1946] et *Gormenghast* [*Gormenghast*, 1950]) explorent les corruptions et traquenards d'un univers fermé, poussiéreux et parfaitement excentrique. Le troisième volume ne fut pas vraiment achevé : les dernières années de l'auteur furent marquées par une longue maladie. Par conséquent, *Titus dans les ténèbres* (*Titus Alone*, 1956) ne semble rédigé que par à-coups (la version restaurée, datant de 1970, est de lecture plus « fluide »), dans un flot stylistique plus tumultueux encore que celui des deux premiers romans. Quelques pages furent publiées d'un quatrième volume prévu par Peake, *Titus Awake* (1991), auxquelles il faut encore ajouter une nouvelle de 1956 sur Titus, « Boy in Darkness ».

« *En lisant Mervyn Peake il semble toujours que nous attendions l'aurore*[1]. »

Pearce (Philippa) : *Tom et le jardin de minuit* (*Tom's Midnight Garden*, 1958 — Gallimard « Folio Junior »)

Les vacances ont mal commencé pour Tom : son frère étant malade, ses parents l'envoient chez son oncle et sa tante, histoire d'éviter la contagion. L'oncle Alan loue un appartement dans une vaste demeure divisée en plusieurs logements. La propriétaire, Mme Bartholomée,

1. André Dhôtel, préface à l'édition française de *Titus d'Enfer*.

habite tout en haut. L'entrée est un long couloir, où trône toute seule une grande et vieille horloge, sonnant faux et rarement à l'heure. Sonnant... treize coups ?

Une nuit, Tom décide de descendre pour en avoir le cœur net : où se trouve donc l'aiguille lorsque sonne la treizième heure ? Mais l'obscurité rend impossible la lecture du cadran. Afin de faire entrer la lumière de la lune, Tom ouvre la petite porte de derrière. « *Une espèce de cour, très petite, avec des poubelles — il n'y a vraiment rien à y voir* », ainsi son oncle lui avait-il décrit ce sur quoi la petite porte devait s'ouvrir. Et pourtant : « *Une grande pelouse où les plates-bandes étaient en fleurs ; un sapin majestueux, des ifs touffus qui arrondissaient leurs ombres sur deux côtés de la pelouse ; sur le côté, à droite, une orangerie presque aussi grande qu'une maison ; et, tout autour de la pelouse, une allée qui serpentait vers les profondeurs du jardin, où il y avait d'autres arbres.* » Pourquoi son oncle lui a-t-il menti, pourquoi lui avoir caché l'existence de ce superbe jardin ? Et quand Tom se retourne vers l'entrée, celle-ci a totalement changé : des meubles, des animaux empaillés... une femme de chambre ! Qui ne le voit pas et qui, rapidement, s'efface, comme tout le décor... Rêve ? L'entrée est-elle hantée par des fantômes ?

Le lendemain matin, plus de jardin : la cour, telle que son oncle la lui avait décrite.

Toutes les nuits, après le treizième coup de la vieille horloge, Tom se rendra dans le jardin fantôme, porte ouverte sur une autre époque. Il l'explorera lentement, invisible aux yeux des habitants des lieux, comme s'il était lui-même le fantôme. Seule une petite fille le voit, lui parle, et devient son amie visite après visite dans le jardin de minuit. La vie s'y écoule, les saisons s'y mêlent dans le désordre ; une nuit le grand sapin est abattu par la foudre, la fois suivante il n'a jamais cessé de se dresser au-dessus des lieux…

Avec une poésie enivrante et un sens de l'observation remarquable, l'autrice narre nuit après nuit cette rencontre improbable par-dessus les barrières du temps, entre un petit garçon d'aujourd'hui et une petite fille de l'époque victorienne. Roman célébré comme une des œuvres clefs de la littérature enfantine anglaise, *Tom et le jardin de minuit* est d'une beauté bouleversante. J'ai du mal à décrire l'émotion qui m'a saisi devant sa conclusion, entre joie et nostalgie.

Un grand livre — et pas seulement pour les jeunes lecteurs.

Powers (Tim) : *Les voies d'Anubis* (*The Anubis Gates*, 1983 — J'ai Lu)

L'universitaire Brendan Doyle a été embauché pour une excursion d'un genre peu commun :

son groupe doit se rendre dans le Londres de 1810, afin d'assister à une conférence de Coleridge. Mais Doyle se retrouve bloqué à cette époque, kidnappé par le très inquiétant Docteur Romany… Le XIXe n'était pas un siècle de tout repos, surtout dans l'East End londonien, au milieu de la misère grouillante. Entre Horrabin, le clown-sorcier-chef de bande d'une partie des clochards de la ville, les docteurs Romany et Romanelli, eux aussi sorciers, et un loup-garou prénommé Joe qui a la possibilité de changer de corps à volonté, les dangers ne manquent pas… Les péripéties non plus, d'ailleurs : le roman progresse de rebondissement en rebondissement sans défaillir. Doyle passe brièvement dans le Londres de 1685 puis dans l'Égypte de 1811, clef de tous les problèmes. Car les adeptes des anciens dieux d'Égypte n'ont pas tous disparu, et ils luttent pour rétablir le règne d'Anubis sur terre. Mais la structure de l'histoire est solide — aucune de leurs tentatives n'aboutira : certes le passé ne ressemble pas exactement à ce que l'on nous enseigne, mais les résultats apparents demeurent les mêmes.

Coleridge, Lord Byron, Muhammad-Ali sont quelques-unes des figures historiques jouant un petit rôle dans ce roman délirant, qui s'amuse avec les légendes et la réalité, mêle voyages temporels et magie ancestrale, glisse des traits d'humour dans les moments les plus désespérés.

Première œuvre d'envergure du *steampunk*, *Les voies d'Anubis* lança le genre en fanfare.

Pratchett (Terry) : *Au guet* (*Guards ! Guards !*, 1989 — L'Atalante et Pocket)

L'auteur dédicace son livre à ceux, qu'ils se nomment « gardes du palais », « gardes de la cité » ou « la patrouille », dont la tâche dans toutes les œuvres de *fantasy* est inévitablement identique : se précipiter dans la pièce, attaquer le héros et se faire découper en morceaux.

Chez Pratchett, le Guet a (parfois) droit au devant de la scène. Premier roman des ***Annales du Disque-Monde*** à mettre en avant le talent de ces travailleurs discrets que sont les gardes, *Au guet* est construit comme un roman policier. Les rues tortueuses d'Ankh-Morpork, la plus vaste, la plus vieille et la plus sale de toutes les cités, sont menacées par un dragon ! Rude boulot pour les pauvres gardes que de débarrasser leur ville d'une vermine d'une telle ampleur…

Les romans du Disque-monde peuvent être plus ou moins divisés en plusieurs catégories : les mésaventures du sorcier Rincevent, des trois sœurcières, de la Mort, et du Guet. Chacune de ces catégories a ses charmes — les Rincevent recèlent les parodies les plus ouvertes, sur tous les thèmes de la *fantasy* et de l'horreur ; les récits mettant en scène les trois sœurcières et ceux concernant la Mort (le personnage le plus comique du cycle !) mêlent avec une intelligence remarquable comédie et aventure ; et les enquêtes du Guet… sont mes favorites, pour leur mélange plaisant de polar et de magie. Quoiqu'il en soit, le cycle entier s'est promptement hissé au premier rang de la *fantasy*. L'œuvre de Pratchett compose un morceau de littérature charnu et roboratif, bourré de réparties percutantes, de trouvailles invraisemblables, de solide bon sens allié à un humour non moins costaud, de philosophie distillée l'air de rien, de jeux de mots redoutables, de détournements lumineux et de personnages attachants. Seul bémol, minime : que la version française choisisse d'ajouter au style de Pratchett, tout à fait moderne, une touche d'archaïsme.

Pullman (Philip) : ***À la croisée des mondes*** (*Les royaumes du Nord* [*Northern Lights* ou *The Golden Compass*, 1995], *La Tour des Anges* [*The Subtle Knife*, 1997], *Le Miroir d'ambre* [*The Amber Spyglass*, 2000] — Gallimard « Folio Junior »)

Dans cette version du monde, chaque être humain possède un dæmon. Un petit être à l'aspect changeant selon les sentiments de son maître qui, lorsque vient le temps du passage à l'âge adulte, se fige dans la forme reflétant le mieux la personnalité de son hôte humain. Chaque être humain, et seulement les êtres humains : les grands ours en armure qui sont venus du Nord ont beau être des individus doués d'intelligence, ils ne possèdent pas de dæmons.

Lyra est une petite fille, qui vit parmi les doctes chercheurs de l'université d'Oxford, dans les locaux vénérables de Jordan College. Sa vie va se trouver transformée le jour où, pour la première fois, elle va entendre parler d'une poudre étonnante, magique et microscopique, qui ne se trouve que dans les étendues arctiques. Mais quel rapport y a-t-il entre cette découverte scientifique et l'enlèvement des enfants pauvres ?

En trois volumes, Philip Pullman a bouleversé les clichés de la *fantasy*. Opérant à la fois un retour aux sources victoriennes du genre et un élargissement de sa fiction aux univers parallèles, à l'anachronisme du *steampunk* et aux vastes paysages de l'aventure à la Stevenson, il livre une œuvre de premier plan. D'ailleurs, bien que relégué dans le ghetto de la littérature pour la jeunesse, le cycle des ***À la croisée des mondes*** (***His Dark Materials***) s'est attiré toutes les récompenses et a recueilli l'adhésion des lecteurs de tous âges. Tout comme les ***Harry Potter**** de J. K. Rowling, c'est là une œuvre émergente qui semble d'ores et déjà devoir s'imposer comme un grand classique.

Roessner (Michaella) : *The Stars Dispose* (1997)

Plusieurs générations de la puissante famille des Médicis ont bénéficié de la magie culinaire et des talents domestiques des Befanini. Et en ce milieu du XVIe siècle, ce sont désormais deux grandes familles florentines, les Médicis et les Ruggiero, qui emploient dans leurs cuisines des artistes du four et de la table — les membres de la prolifique famille des Befanini et Arista.

Le jeune Tommaso Arista a été formé par son père aux subtilités de la cuisine, mais son cœur est partagé entre cette tradition familiale et la pratique des arts. S'étant fait remarquer par le fameux sculpteur Il Tribolino, il est choisi comme apprenti par ce dernier, et démontre que l'éphémère d'une préparation culinaire peut s'élever au rang d'art majeur. Dans une Florence turbulente et agitée, Tommaso deviendra l'ami de la jeune *duchessina* (dernière héritière des Médicis), il sera l'amant du grand Michelangelo, survivra à la peste et au siège de la ville...

Dans la trame ordinaire du monde est dissimulée une vérité plus complexe : une infinité de mondes parallèles, tous peuplés par des êtres intelligents, s'étire dans l'univers comme une grappe de sphères, s'interpénétrant chacune par des voies de passage à la logique ésotérique (mouvements de la Lune et des étoiles, par exemple). Un événement dans un monde a forcément des répercussions dans un ou plusieurs autres : les mages de chaque peuple cherchent à influer sur les sphères voisines, certains pour provoquer un déséquilibre qui leur serait favorable, d'autres pour rétablir un équilibre qui leur convenait. Luttes d'influences, jeux politiques, manipulations d'individus, c'est une guerre subtile que celle qui se déroule en permanence entre les mondes.

À Florence, le jeu est contrôlé par la famille Ruggiero, astrologues officiels. À l'aide notamment d'un *speculum* (miroir n'ayant jamais connu de reflet avant sa première utilisation magique), Ruggiero-le-Vieux épie les mouvements de ceux qui œuvrent souterrainement pour la perte de Florence. Mais, si sage soit-il, l'astrologue ne sait pas tout : sa science n'est que celle des hommes. Dans sa cuisine, Piera Befanini Arista pratique la magie des femmes, celle du culte de Diane (le thème de la déesse, par opposition au culte masculin de Jéhova, est une des grandes thématiques de fond de la *fantasy* ; métaphore de l'affrontement entre la science et la magie, le rationnel et le surnaturel, le cerveau droit et le cerveau gauche). La magie de Piera est celle des petites choses, du calme du foyer, de l'équilibre familial — elle offre pourtant des résonances avec toute la ville, du fait de l'importance des familles dans cette société, et des relations entre les Ruggiero, les Befanini-Arista et les Médicis.

Dans les rues de Florence, visibles aux seuls yeux des initiés, rôdent les silhouettes extraterrestres des observateurs des autres mondes… Discrète, en demi-teintes, la magie est pourtant bien au cœur de ce roman. Elle participe de l'ordre des choses, au même titre que la peinture, la sculpture, ou... l'art de la cuisine — une bonne part de *The Stars Dispose* se déroule dans des cuisines, avec force détails gourmands. L'autrice écrit en postface qu'elle a pris des kilos en écrivant son roman, du fait de « l'excitation globale de son appétit » !

Délicat, brillant, complexe (la nomenclature des personnages s'avère rapidement nécessaire), *The Stars Dispose* est un roman d'exception — qui se poursuit dans *The Stars Compel* (1998) et s'achèvera dans *The Stars Relent* (à paraître).

Rowling (J. K.) : ***Harry Potter*** (Gallimard « Folio junior »)

Orphelin, le jeune Harry Potter est en butte à toutes les brimades et vexations de la part de sa famille d'adoption. Jusqu'au jour où il reçoit un étrange courrier (apporté par une chouette) : un avis d'admission à l'école de magie de Poudlard. Une école où l'on se rend par un train dont le quai est magiquement camouflé dans la gare Victoria de Londres, une école qui a des allures de château de conte de fées, où un vieux chapeau de sorcier choisit l'affectation des élèves, où le banquet de bienvenue est plein de plats apparaissant par magie, où l'on prend des leçons de vol en balai, où les mœurs des non-sorciers du monde extérieur semblent étranges... Plongé dans ce monde dont il ne soupçonnait même pas l'existence, Harry Potter va devoir se débrouiller, assumer les circonstances étranges de sa naissance (ses parents sont morts en le protégeant d'un sorcier si terrifiant que personne n'ose prononcer son nom — et pourtant Harry s'est tiré de l'attaque avec une simple et minuscule cicatrice sur le front, en forme d'éclair, et le grand sorcier a été défait), apprendre à jouer au Quidditch (une sorte de compromis volant entre le football et le base-ball) et... réviser ses leçons de magie !

L'arrivée d'un simple roman pour la jeunesse, *Harry Potter à l'école des sorciers* (*Harry Potter and the Philosopher's Stone*, 1997), a fait l'effet d'une bombe dans la littérature mondiale. Écrit par une jeune femme au chômage, en Écosse, le roman fut d'abord refusé par beaucoup d'éditeurs — avant d'être finalement accepté par la petite maison londonienne Bloomsbury, pourtant peu habituée à publier des livres pour enfants. Sitôt paru le premier volume (l'autrice en prévoit sept), le phénomène Harry Potter s'enclencha : plus de 440 000 exemplaires vendus au seul Royaume-Uni, plus d'un million d'exemplaires aux États-Unis, des traductions dans toutes les langues… Difficile d'expliquer un succès aussi renversant, on peut simplement en étudier les signes extérieurs — tout en demeurant pantois devant une telle maestria, un tel talent, une telle verve narrative.

« *Il y a tout dans ce livre, tout ce qu'un enfant pourrait avoir envie de piocher dans la* fantasy, *tout ce qu'un adulte rêve de toucher du bout du nez.* […] *C'est un humour anglais assez décalé, qui verse volontiers dans le farfelu mais qui sait s'accrocher à la réalité pour mieux la contourner* […]. *Bref, c'est d'une cohérence implacable et si le premier degré ne pointait pas autant son nez, on dirait que c'est calculé.* […] *Il n'y a pas d'entourloupe chez elle, pas de flamboyance stylistique. À la manière d'une Agatha Christie, elle cherche avant tout à raconter son histoire avec le plus d'accessibilité possible, tout en ménageant de nombreux clins d'œil à son lecteur. L'effet est d'une superbe et pétillante luminosité*[1]. »

Trois autres tomes ont paru pour l'instant : *Harry Potter et la chambre aux secrets* (*Harry*

1. David Calvo, chronique in *Yellow Submarine*, n° 129 (*Les sentiers de la Faërie*), Bifrost/Étoiles Vives, 1999.

Potter and the Chamber of Secrets, 1998), *Harry Potter et le prisonnier d'Azkaban* (*Harry Potter and the Prisoner of Azkaban*, 1999) et *Harry Potter et la coupe de feu* (*Harry Potter and the Goblet of Fire*, 2000). Chaque année apporte son nouveau Harry Potter : encore trois ans de bonheur en perspective.

Ruaud (A.-F.) présente : *Fées & Gestes* (1998, Bifrost/Étoiles Vives)

Bien qu'il soit difficile, voire malvenu, de parler d'une anthologie qu'on a composée, force est de constater qu'en France il n'en existe pas d'autre plus représentative de l'art de la nouvelle en *fantasy*. En réunissant *Fées & Gestes*, j'avais voulu proposer une sorte de « manifeste » de ce que le genre peut offrir de meilleur dans la forme courte : des fictions exotiques (« Le sculpteur » de Garry Kilworth et « L'homme qui remonta mille horloges » de Christopher Fowler), des *fantasy* urbaines (« L'onyre du givre » de Bruno B. Bordier et « Une soupe d'aileron de dragon » de S.P. Somtow), une *fantasy* contemporaine (« La galerie de perroquets d'Oncle Dobbin » de Charles de Lint), une *sword and sorcery* japonisante (« La voie du sabre » de Thomas Day), une *fantasy* médiévale (« La dernière chanson de Sirit Byar » de Peter S. Beagle), de l'humour (le délire lovecraftien, « L'amour est une douce purulence » d'Esther M. Friesner, et la parodie de conte de fées, « L'or des royaumes » de Daniel Hood) et… l'une des meilleures études sur le genre, l'érudite et passionnée « Dans la tradition… » de Michael Swanwick (je vous fais grâce de son infini sous-titre). Ainsi, depuis la tour immense abritant les folies de Leonardo da Vinci jusqu'à l'ancien dragon qui dort sous Bangkok, ce recueil brosse un petit tableau des ressources du genre en matière de nouvelles — des possibilités encore trop peu connues dans notre pays[1].

Rushdie (Salman) : *Les enfants de minuit* (*Midnight's Children*, 1981 — Livre de Poche « Biblio »)

Saleem Sinai est né à Bombay le 15 août 1947[2]. Précisément à minuit. Et comme lui, mille autres enfants sont nés à cette heure précise, à l'instant même de l'indépendance de l'Inde. Chacun d'eux possède un talent, un don surnaturel : téléportation, divination, métamorphose, vol, magies de toutes sortes… Mais seul Saleem est capable

1. La création de la revue *Faeries*, aux éditions Nestiveqnen, changera peut-être cela.
2. Comme l'auteur…

d'entendre les pensées de ses mille compagnons. À travers lui, et par conséquent à travers l'existence des mille et un enfants indiens nés lors de l'indépendance de leur nation, Rushdie dessine un portrait à la fois global et particulier de l'histoire moderne de l'Inde. Vaste comme l'État dont il brosse le panorama, violent et contrasté comme celui-ci, *Les enfants de minuit* est un roman d'exception.

Le thème de la naissance d'un groupe d'enfants « transformés » est un grand classique, ayant donné aussi bien des histoires d'horreur (*Les coucous de Midwich* de John Wyndham, devenu au cinéma *Le village des damnés*) que de super-héros (*Rising Stars* de J. Michael Straczynski), par exemple. Salman Rushdie l'utilise comme véhicule idéal pour son incroyable ambition — le genre de projet littéraire sous le poids duquel n'importe quel autre écrivain aurait croulé. Le résultat, d'une grâce admirable, lui valut un prix Booker, un « Booker of Bookers » et un prix James Tait Black, et fut universellement salué comme le plus important des romans anglo-indiens jamais écrits. On peut ajouter qu'il marque aussi la naissance d'un « réalisme magique » indien : la magie n'y est jamais accessoire, elle infuse tout le roman, naturelle et éclairante. De même, on peut noter que la *fantasy* s'est toujours trouvée au cœur des fictions de Rushdie : depuis *Grimus* (1975 ; relevant à part égale de la science-fiction) jusqu'à *Haroun et la mer des histoires* (*Haroun and the Sea of Stories*, 1990[1]), en passant par les tristement célèbres *Versets sataniques* (*Satanic Verses*, 1988), ce sont la plupart de ses œuvres qui puisent dans le légendaire. Plus que tout autre auteur contemporain, certainement, Salman Rushdie est le grand chantre de la « littérature mythique ».

Russel (Sean) : ***Moontide and Magic Rise*** (*World Without End* [1994], *Sea Without a Shore* [1996])

Ce n'est pas tout à fait notre Terre : dans le vieux monde, seuls existent quatre pays, dont le Farr (visiblement calqué sur l'Angleterre). Un grand capitaine a découvert le nouveau monde, non pas un double continent comme l'Amérique mais un Archipel immense, dont certaines parties rappellent fortement la Micronésie. Le roi du Farr est extrêmement âgé — trop pour que ce soit naturel : il a dépassé son cent dixième anniversaire. Un jeune botaniste, Tristam Flattery, est convoqué au palais pour s'occuper des plantes qui sont le secret du roi : une fleur d'origine lointaine qui permet la jouvence miraculeuse du souverain. Las, la plante miraculeuse

1. Qui obtint un prix Mythopoeic en 1992.

(ou maudite ?) ne fleurit plus. Une expédition est montée pour le lointain Archipel, afin d'essayer d'y trouver d'autres plants. Mais des complots et des contre-complots sont ourdis de toutes parts, tournant non seulement autour de la quasi-immortalité procurée par la plante, mais aussi et surtout de l'héritage des mages. Car autrefois le monde était dominé par des magiciens surpuissants, qui ont décidé d'effacer toute trace de leurs secrets. Parmi les proches des mages se trouvait le grand-oncle de Tristam, Erasmus. Mais les mages ont-ils réellement détruit tout leur savoir ? Et pour quelle raison ont-ils agi ainsi ? De quelle nature étaient leurs pouvoirs ? Qu'attendent de l'innocent Tristam les parties en présence ?

Situé à une époque rappelant l'ère des Lumières, alors que les premiers scientifiques scrutent et dissèquent la nature, ***Moontide and Magic Rise*** est un réjouissant compromis entre la BCF habituelle et le *steampunk*. Les mille deux cents pages du cycle se lisent de manière haletante, on oscille entre l'expédition scientifique (qui n'est pas sans rappeler celle du jeune Charles Darwin — dont le grand-père se prénommait lui aussi Erasmus, bien sûr) puis l'exploration de l'Archipel, et les complots du vieux monde, dans les coulisses du palais royal ou dans les villes du pays. Les personnages, nombreux, sont généralement bien campés et attachants — même les

« méchants », car ici rien n'est totalement noir ou blanc. Bien sûr, comme dans toute BCF, on retrouve l'inévitable jeune héros dont le destin va être grandiose — mais il s'agit dans ce cas d'un jeune scientifique. Et le décor n'a rien de « médiévalisant ». Le cadre pseudo-historique offre au lecteur ravi toutes les possibilités d'un grand récit d'aventure populaire : carrosses, duels, grands voiliers, corsaires, jungles impénétrables, cité perdue, peuples exotiques et secrets millénaires… Un régal !

L'auteur a depuis écrit une « préquelle » au cycle, ***The River into Darkness*** (*Beneath the Vaulted Hills* [1997] et *The Compass of the Soul* [1998]). Des prolongements (sur Erasmus) qui, pour une fois, sont bienvenus : Sean Russell s'impose comme un auteur à suivre de près.

Ryman (Geoff) : *The Unconquered Country* (1986)

« *Third louait son utérus à usage industriel. Elle coûtait moins cher que les cuves de verre. Des pièces de machines vivantes grandissaient en elle — des engrenages de camion, du petit équipement domestique… Quand Third avait de la veine, elle obtenait un contrat d'armement. La paie était bonne car c'était dangereux. Les armes pouvaient soudain jaillir d'elle dans une grande perte de sang, en général au milieu de la nuit : une avalanche de guppies opaques, brillants et ridés, de grands yeux doux et sombres, un sourire de rongeur plein de dents. Peu importe sa fatigue ou sa maladie, Third devait alors les balayer, immédiatement, dans des seaux, et en fermer le couvercle. Si elle ne le faisait pas, si elle s'endormait, les guppies la dévoreraient. »*

Un court roman qui frappe comme un coup de poing : fable sur la destruction du Cambodge et, au-delà, sur l'écrasement de toutes les cultures par le colonialisme occidental, l'impérialisme américain et la mondialisation, *The Unconquered Country* est un texte d'une noirceur rarement vue en *fantasy*. Une bouleversante légende terriblement proche de la réalité.

Schmidt (Dennis) : ***Twilight of the Gods***
(*The First Name* [1985], *Groa's Other Eye* [1986], *Three Trumps Sounding* [1987])

Æsir et Vanir sont deux peuples voisins en conflit permanent. Aux raids des uns répondent les pillages des autres. D'un de ces actes de banditisme vont naître deux destins : celui de Surt, un petit sorcier contraint à passer un pacte avec le Dieu Noir afin de survivre à ses blessures, et celui de Voten, qui naîtra d'un viol et ira grandir en otage parmi les Vanir. Surt va devenir un mage colossalement puissant, tandis que Voten va voyager à travers le monde, à la recherche de la sagesse.

Dennis Schmidt met en scène l'univers des légendes nordiques, celles du cycle des ***Nibelungen*** de Richard Wagner, transfigurées par une ambition littéraire aussi étonnante que réussie. Non content de réinventer les dieux scandinaves — Wotan, Loki, Heimmdal, etc. — il mêle dans sa version du *Crépuscule des Dieux* de nombreux autres éléments, notamment tirés des mythologies mésopotamiennes. Le tout avec une audacieuse fraîcheur de ton et une grande justesse psychologique. La trilogie qui en résulte est d'une complexité admirablement maîtrisée.

Scott (Melissa) & Barnett (Lisa A.) : *Point of Hopes* (1995)

Nicolas Rathe est un garde de la cité d'Astreiant, chargé d'un secteur difficile : le quartier pauvre de Point of Hopes. En dépit de la corruption de certains de ses supérieurs, de la puissance des mafias locales et du laxisme de l'aristocratie, il parvient à faire son travail de policier. Chaque année, des enfants disparaissent : fugues d'apprentis, passages d'un quartier à un autre pour des raisons sentimentales, etc. Tout cela fait partie de la routine. Qui bougerait le petit doigt pour retrouver une poignée de morveux, alors que les enfants de pauvres sont déjà légion ? Nicolas, lui, se donne cette peine. D'autant que certaines des disparitions les plus récentes semblent franchement suspectes... Mais sa hiérarchie ne veut rien entendre. Jusqu'à ce qu'éclate, en pleine Midsummer Fair (la grande foire annuelle), le scandale de la disparition de plusieurs enfants des beaux quartiers.

Plus que Nicolas, le héros de ce roman est son décor : Astreiant, une ville médiévale immense, au grouillement encore compliqué par la foire en cours. Les autrices n'ont pas cédé à l'habituelle facilité (une carte en début de volume), elles ont préféré laisser au lecteur le bonheur de découvrir par lui-même toute la richesse d'Astreiant. Et cela fonctionne : rarement un décor de *fantasy* aura été aussi évocateur. Au point qu'on a peine à croire que ce roman ne fait que quatre cents pages : la *fantasy* traditionnelle nous a rarement habitués à une telle densité.

Simak (Clifford D.) : *Le pèlerinage enchanté* (*The Enchanted Pilgrimage*, 1975 — Denoël « Présence du futur »)

Pourchassé par les troupes de l'inquisiteur Beckett, le jeune étudiant Mark Cornwall est obligé de quitter le confort de sa chère université. Rejoint dans son errance par des compagnons étranges (tels qu'Olivier le gobelin des poutres, Gil l'homme des marais, ou Snively le gnome), Mark va passer de la civilisation médiévale qu'il connaissait au monde inquiétant des légendes, les marais dont personne n'est censé revenir, où s'abritent toutes les créatures que le dogme officiel décrit comme dangereuses et maléfiques. Et au fur et à mesure de sa progression, Mark sent s'éveiller en lui des souvenirs lointains, issus d'une enfance qu'il avait oubliée...

Tentant d'assembler des éléments trop disparates, teintées d'un humour un peu lourd, la plupart des œuvres de *fantasy* de Simak sont anecdotiques, sans commune mesure avec sa science-fiction. Dans ce roman, pourtant, le vieux maître a trouvé le parfait équilibre entre magie et pittoresque, tranquillité et aventure. *Le pèlerinage enchanté* est un trésor de décors amoureusement dépeints, de paysages mémorables et de personnages adorables. Le tout au service d'une idée intéressante — la scission du monde entre un univers bloqué dans la magie et l'obscurantisme médiéval, et notre propre univers technophile et rationaliste.

Stevermer (Caroline) : *A College of Magics* (1994)

1908 : quelque part sur la côte normande, une université privée domine un petit village perché sur la falaise. Officiellement, cette école pour jeunes filles se spécialise dans l'enseignement de la magie. Pourtant, de manière paradoxale, on n'y aborde ce sujet que de manière allusive, dans un cours magistral sur l'équilibre de l'univers. Pour le reste, les étudiantes ont interdiction de pratiquer la magie dans l'enceinte du collège, et il n'y a *pas* de cours de magie proprement dit. Étrange…

A College of Magics suit la scolarité de la jeune Faris Nallaneen, duchesse héritière de Galazon, un minuscule royaume d'Europe centrale, en compagnie de ses copines et d'une rivale, fille de la famille dirigeante d'un royaume voisin. Les dialogues sont absolument savoureux, les lieux brossés avec vigueur et réalisme. Un mystérieux individu veille discrètement sur la sécurité de Faris — mais il dit être au service de son oncle, alors que Faris soupçonne ce dernier de vouloir la supprimer pour conserver la direction du duché.

Au terme de la nuit d'initiation à la magie, Faris est renvoyée du collège et doit retourner précipitamment dans son duché, rappelée par son oncle. S'ensuit un trajet mouvementé en Orient-Express dans l'Europe du début du siècle, de Paris aux environs de la Ruritanie, avec des tueurs aux trousses. Puis, à Galazon, ce sont intrigues de cour et combats de cape et d'épée… Ce roman retrouve avec une jubilation communicative l'ambiance du *Prisonnier de Zenda*, à ceci près qu'ici le génial roman d'aventure d'Anthony Hope[1] passe pour… un simple roman historique sur un pays voisin.

Frais, inattendu, *A College of Magics* est un complet bonheur, d'un bout à l'autre. La grande force de l'autrice réside dans les dialogues, mais l'ensemble de l'intrigue est mené de main de maîtresse, les situations et retournements tordus à souhait, l'aspect de cape et d'épée est franchement réjouissant, les scènes de magie sont poétiques, l'humour et le drame font bon ménage… En résumé : un chef-d'œuvre méconnu, savoureux précurseur des ***Harry Potter*** * de J. K. Rowling.

Stoddard (James) : *The High House* (1998) et *The False House* (1999)

Tous les mondes sont contenus dans la *High House*, Evenmere. Cette maison-univers est tout à la fois le royaume et la tâche du Maître, un homme sélectionné par Evenmere elle-même, auquel elle donne les attributs du pouvoir (un manteau d'invisibilité, un livre de souvenirs, les clefs de toutes les portes, et surtout : les mots, mots de pouvoir, mots magiques, mots essentiels

1. *The Prisoner of Zenda*, 1894.

de la structure de l'univers). Au Maître de préserver l'harmonie des contrées de la *High House*, de répondre aux demandes d'aide des souverains alliés, de garantir l'intégrité du domaine. Les menaces ne manquent pas : depuis le mobilier vivant qui tente d'envahir Evenmere depuis l'une de ses caves, jusqu'aux prétendus Anarchistes, des citoyens d'Evenmere convaincus que seul l'Ordre et la Raison sauront faire prévaloir une véritable utopie dans tous les mondes.

Enfant, Carter Anderson a dérobé à son père, le Maître, la clef d'une petite porte. Et ce faisant, il a ouvert la voie aux menées subversives des Anarchistes. Exilé dans un monde voisin lorsque la guerre s'est faite trop proche du cœur de la *High House*, Carter ne sera rappelé qu'une fois devenu adulte, parce que son père a disparu — mort, certainement, dans la quête de son épouse disparue. Et la menace des Anarchistes devient toujours plus pressante. Carter doit retrouver au plus vite les attributs du pouvoir du Maître, avant qu'Evenmere ne s'effondre sous les coups de buttoir des rationalistes. Déjà certaines contrées alliées ne sont plus que de tristes tyrannies, leurs habitants uniformisés.

Tenant autant de la forêt des mythimages que du château de Gormenghast, la *High House* de James Stoddard est une création saisissante. Aux trois dimensions de Gormenghast, elle ajoute celle du temps. À la profondeur mythique de Ryhope, elle ajoute des échos de toute la littérature anglaise de *fantasy*. Proposant une nouvelle typographie du merveilleux, elle s'impose comme un nouveau classique — déjà. On a l'impression d'avoir toujours connu le noble majordome, l'inquiétant Bobby sans visage, le vieux juif chargé de remonter toutes les horloges d'Evenmere, le poète chargé de tenir allumées toutes les lampes, l'ancien dinosaure (dragon ?) caché dans le grenier… « *on peut presque entendre craquer les planchers, sentir la poussière et les toiles d'araignées des pièces abandonnées, ou ressentir l'étrange atmosphère tropicale des immenses chambres où vivent les Tigres de Naleewuath*[1] ».

The High House et *The False House* parlent de la *fantasy* elle-même. Ils tracent aussi l'itinéraire d'un homme vers la maturité, le deuil d'un enfant pour son père. Que dire ? Si ce n'est : lisez, riez, pleurez.

Swann (Thomas Burnett) : ***Trilogie du Minotaure*** (*Le labyrinthe du Minotaure* [*Cry Silver Bells*, 1977], *La forêt du Minotaure* [*The Forest of Forever*, 1971], *Le jour du Minotaure*

1. David Calvo, *op. cit.*

[*Day of the Minotaur,* 1964] — Bifrost / Étoiles Vives)

Au cœur de l'île de Crète se niche une vaste forêt, interdite aux hommes. Là, dans cet océan d'arbres millénaires et de collines verdoyantes, vivent les derniers représentants de ceux que les hommes nomment les Bêtes : centaures, panisci, telchins, dryades, oursonnes d'Artémis et autres créatures mythologiques — parmi lesquelles Eunostos, le dernier Minotaure.

Tour à tour sensuelle, humoristique, astucieuse, exotique et poignante, la ***Trilogie du Minotaure*** est l'œuvre maîtresse d'un auteur américain qui s'était fait le poète de la magie antique. Son univers est celui des créatures mythologiques (dépeintes avec réalisme et amour) et d'une histoire plus ancienne que la mémoire des hommes — juste avant que la suprématie humaine n'en efface toute trace. Chaque récit de Swann se teinte d'une nostalgie pour les êtres que notre race a décimés. Il n'est jamais fait chez lui usage de pouvoirs magiques : les Bêtes sont des êtres dotés d'intelligence, comme les hommes, et si elles nous inquiètent elles se révèlent finalement bien plus innocentes que nous. De la Crète antique à l'Égypte des pharaons, de l'Israël biblique à l'arrogante Carthage, les romans de Swann arpentent un territoire trop souvent ignoré par la *fantasy* anglo-saxonne. Aujourd'hui difficilement trouvables en version originale (Swann est mort en 1976, à l'âge de quarante-huit ans), ils font lentement l'objet d'une traduction intégrale chez un petit éditeur français. Après la version roman du fameux *Manoir des roses* (*The Tournament of Thorns*, 1976), devraient notamment voir le jour un autre chef-d'œuvre de Swann : *How Are the Mighty Fallen ?* (1974), puis la trilogie du ***Latium*** (*Queens Walk in the Dusk* [1977], *Green Phoenix* [1972] et *Lady of the Bees* [1976]).

Swanwick (Michael) : *The Iron Dragon's Daughter* (1993)

Prenant à contre-pied la plupart des archétypes de la *high fantasy*, Michael Swanwick a d'abord rédigé une première longue nouvelle, où une petite fille travaillant dans une gigantesque usine à l'ambiance *steampunk* parvenait à convaincre un des dragons des hauts fourneaux de s'enfuir avec elle. Puis, partant de ce chef-d'œuvre de rouerie narrative et de pervertissement des mythes, il a poursuivi son idée jusqu'à sa conclusion logique : le récit d'apprentissage d'une jeune fille dans un monde à cheval entre la technologie du XXe siècle et la magie des contes de fées. De nature malaisée car trop disparate, ce *bieldungsroman* parvient cependant à captiver par sa verve. Particulièrement caustique quant aux mythes du rêve américain, Swanwick le déconstruit savamment, pièce par pièce. *The Iron Dragon's Daughter* peut donc se lire, au choix, uniquement pour le plaisir de sa première partie, ou dans son entier comme une sorte de *soap opera* délirant. Dans les deux cas, les surprises et les trouvailles réjouissantes ne manquent pas, non plus qu'un soubassement plus noir. La *fantasy* se prête-t-elle au commentaire social classique ? C'est en tout cas ce qu'a tenté de réaliser Swanwick.

Tolkien (J. R. R.) : *Le Seigneur des Anneaux* (*The Lord of the Rings,* 1954-1955 — nombreuses éditions)

Bien sûr. Comment ne pas inclure dans cette liste de titres essentiels LE monument incontournable ? Heureux sont les lecteurs qui n'ont pas encore goûté au charme intemporel du *Seigneur des Anneaux*. Depuis le départ de la petite compagnie de Hobbits, à travers la Comté, jusqu'au retour de Sam (sublime laconisme de la réplique finale : « *Eh bien, me voici de retour.* »), Le *Seigneur des Anneaux* est un fleuve légendaire qui vous emporte, vous bouscule, vous bouleverse. Chaque lecteur a ses moments favoris, ses images presque sacrées ; comment dès lors résumer une telle œuvre ? Le *Seigneur des Anneaux* ne saurait être réduit à son prétexte principal (la quête du jeune Hobbit Frodo, chargé d'aller détruire un des maléfiques Anneaux de pouvoir dans la fournaise d'un volcan). Œuvre imposante et riche, le *Seigneur des Anneaux* ne se résume pas non plus à un seul de ses aspects. Paysages, ambiances, peurs, joies, légendes, chansons, guerres, fuites, quiétude et inquiétude : nombreuses sont les humeurs du chef-d'œuvre de Tolkien.

Le réalisateur Ralph Bakshi se cassa les dents sur le *Seigneur des Anneaux* en 1978, en voulant l'adapter en dessin animé long métrage. Manquant finalement de budget, il livra un film brutalement interrompu et manquant de finitions. Le réalisateur Peter Jackson, lui, prépare une adaptation sous forme de trois films avec acteurs et effets spéciaux. Réussira-t-il l'impossible : l'adaptation fidèle des fantasmes de nombreuses générations de lecteurs ? Certainement pas, mais le résultat devrait cependant être passionnant. Et quoiqu'il arrive, le livre sera toujours là : en poche pour adultes chez Pocket (version blanche ou version « Fantasy »), en poche pour enfants chez « Folio junior », en superbe reliure cartonnée à l'anglaise (illustrée par Alan Lee, chez Bourgois)…

White (T.H.) : ***Excalibur*** (***The Once and Future King***, 1938-1977 — Joëlle Losfeld et J'ai Lu)

Réussite majeure de l'écrivain anglais T. H. White, ***The Once and Future King*** est aussi l'une des grandes œuvres qui réactiva dans l'esprit du public l'amour pour les anciennes légendes, les contes de fées et l'époque médiévale considérée comme un âge d'or. En cela, elle n'est pas moins que le *Seigneur des Anneaux** une des œuvres qui mena à la *fantasy* telle que nous la connaissons aujourd'hui.

Reprenant la matière de *Le Morte d'Arthur** de Malory, White transpose le mythe arthurien à une époque qui n'est pas la sienne, mais qu'il sait rendre parfaitement naturelle : le Moyen Âge, et plus précisément le XVe siècle. Nourrissant son œuvre de toutes ses passions et d'une bonne part de sa propre psychologie (jusque et y compris son problème de sadisme, qu'il transpose sur Lancelot), White travaillera sa vie durant sur ***The Once and Future King***, ajoutant peu à peu les cinq parties qui composent finalement le cycle.

La publication de l'œuvre complète ne se fera que longtemps après la mort de White, en 1964, puisque la cinquième partie (*The Book of Merlyn*) ne paraît qu'en 1977 et que le volume intégral (qu'avait toujours souhaité l'auteur) ne verra enfin le jour qu'en 1996.

Williams (Tad) : ***L'arcane des épées*** (***Memory, Sorrow and Thorn,*** 1988-1994 — Rivages « Fantasy » et Pocket « Fantasy »)

Autrefois vivait, seul maître en Osten Ard, le peuple elfique des Siths. Mais arrivèrent les hommes et leur cruel métal, qui chassèrent les elfes, tuèrent les dragons et domestiquèrent tout le pays. Pourtant, aujourd'hui se meurt le grand roi, le prêtre Jean, et avec sa mort se réveillent tous les anciens dangers, tous les anciens ennemis : le roi de l'Orage entend bien reconquérir son ancienne contrée ! Avec une complicité de haut rang parmi les humains, peut-être pourrait-il y parvenir… Seul un groupe réduit sait reconnaître la menace planant sur Osten Ard. Et c'est à un simple employé des cuisines du château, le jeune Simon, que va échoir la tache de débuter une incroyable quête…

Ambitieux projet que celui-ci : lier dans un seul cycle la plupart des grandes légendes de l'archipel britannique, depuis le *Mabinogion*[1] jusqu'à la Matière de Bretagne, en incluant toutes les féeries celtes, toutes les ballades populaires — et en poussant même jusqu'à d'autres

1. Recueil de onze contes celtes médiévaux, basés sur la mythologie galloise.

mythes, tels que la sorcière russe Baba-Yaga. Paru à l'origine en anglais en trois tomes monumentaux (*The Dragonbone Chair* [1988], *Stone of Farewell* [1990] et *To Green Angel Tower* [1993]), découpé ensuite en multiples volumes pour la traduction française puis pour sa réédition au format de poche, ***L'arcane des épées*** est, pourrait-on dire, « le cycle de *high fantasy* pour en finir avec tous les cycles de *high fantasy* ». La BCF suprême. Bien sûr, beaucoup d'autres auteurs continuent et continueront à écrire des sagas de *high fantasy*. Mais s'il ne fallait en lire qu'une, celle de Tad Williams s'impose. Sa richesse égale nettement celle du *Seigneur des Anneaux**, il ne lui manque que l'antériorité historique. Difficile d'imaginer plus beau compliment en la matière.

Windling (Terri) : *The Wood Wife* (1996)

Maggie Black est écrivain, autrice d'études sur des poètes. Elle apprend qu'un de ses plus anciens correspondants, David Cooper, vient de mourir en lui laissant tous ses biens en héritage. Maggie décide d'aller s'installer dans l'ancienne maison de Cooper, pour enfin s'atteler à la rédaction d'une biographie du grand écrivain. Mais elle n'avait pas prévu que Cooper habiterait en plein désert, dans les montagnes de l'Arizona (près de Tucson). Là, la vie n'a pas le même rythme qu'ailleurs. Les choses sont plus pures, les formes plus essentielles, les mystères plus profonds… Pourquoi Cooper est-il mort noyé dans un lit de rivière asséché ? Pourquoi des coyotes rôdent-ils autour de sa maison ? Qui est l'étrange fille-lapin qui s'abrite sous les grands cactus ? La magie de ces collines désertiques est puissante, Maggie Black devra prendre garde à ne pas y perdre la raison — ou la vie.

Surtout connue pour son remarquable travail d'éditrice et ses nombreuses anthologies, Terri Windling est également écrivain — trop rare, hélas (en plus de ce roman, elle n'a pour l'instant écrit que deux nouvelles et trois ouvrages pour la jeunesse). La *fantasy* s'avère particulièrement puissante lorsqu'elle explore les lisières de notre univers contemporain, pimentant la vie quotidienne d'une magie étrange, faisant s'affronter subtilement la réalité urbaine et les terrifiantes merveilles des forêts ancestrales… Grand maître de la *fantasy* urbaine, Charles de Lint transpose généralement les mythes celtiques dans le cadre canadien — qu'il s'agisse de Toronto ou de sa ville imaginaire de Newford. Pour sa part, Terri Windling combine les créatures étranges des illustrations de Brian Froud (le roman a été inspiré par une illustration de ce peintre anglais, grand spécialiste des fées) aux abords du désert. Superbe et originale est sa peinture de la frontière floue d'une grande ville américaine et des collines inhospitalières, à mi-chemin également de la chaleur du Mexique et de la douceur de la Californie. Terri Windling nous parle avec amour d'une région jamais encore explorée par la *fantasy*. Elle nous parle de la création artistique (également au centre des préoccupations d'auteurs comme Brust, Lindholm ou De Lint), de l'amour des mots et de la musique, de la beauté de la vie ; elle brosse avec conviction le portrait d'une singulière petite communauté. Au-delà des genres, de la grande littérature, ni plus ni moins.

Zelazny (Roger) : ***Le cycle d'Ambre*** (***Cycle of Amber*** — Denoël « Présence du futur » et Folio SF)

Passionné de mythologie(s), Roger Zelazny écrivit de nombreuses œuvres dans lesquelles il revisitait les mythes de telle ou telle culture pour en tirer matière à *fantasy* ou à science-fiction (chez lui, les deux genres ne cessent de fusionner). Cependant, c'est lorsqu'il forgea sa propre mythologie qu'il atteignit son sommet.

Sur les traces de Corwin, le prince d'Ambre qui se réveille un jour, complètement amnésique, dans une clinique des États-Unis, le lecteur découvre peu à peu que l'univers est constitué d'un seul véritable monde d'origine, Ambre — et de nombreuses « ombres », les terres parallèles qui ne sont qu'un reflet incomplet d'Ambre. Disputant à ses frères le royaume d'Ambre, luttant contre les forces du Chaos, Corwin est un héros classique, au sein d'un imaginaire qui l'est beaucoup moins. Maîtrisant avec brio toutes les ficelles d'une narration à suspense, ayant l'art des situations apparemment « évidentes » auxquelles on n'avait pas songé auparavant, Zelazny a exploré Ambre durant dix volumes. Le tout se découpant ainsi : *Les neuf princes d'Ambre* (*Nine Princes of Amber*, 1970), *Les fusils d'Avalon* (*The Guns of Avalon*, 1972), *Le signe de la licorne* (*Sign of the Unicorn*, 1975), *La main d'Oberon* (*The Hand of Oberon*, 1976) et *Les Cours du Chaos* (*The Courts of Chaos*, 1978) pour le premier cycle (le meilleur). *Les atouts de la vengeance* (*Trumps of Doom*, 1985), *Le sang d'Ambre* (*Blood of Amber*, 1986), *Le signe du Chaos* (*Sign of Chaos*, 1987), *Chevalier des ombres* (*Knight of Shadows*, 1989) et *Prince du Chaos* (*Prince of Chaos*, 1991) pour le second cycle.

Ayant bouclé le cycle depuis quelques années, Zelazny céda pourtant à la tentation de revenir, sinon à Ambre, du moins à un univers très semblable. Dans *Lord Demon* (roman publié de manière posthume en 1999, achevé par Jane Lindskold — traduit chez Denoël) se retrouve toute l'énergie du ***Cycle d'Ambre*** : les dimensions parallèles, les conflits familiaux, le personnage principal, sinon amnésique, du moins mentalement manipulé, l'intrigue menée tambour battant ; plus quelques éléments extérieurs, bienvenus, hérités de la *fantasy* urbaine chère à Charles de Lint.

Trop peu souvent cité parmi les grandes influences de la *fantasy* moderne, Roger Zelazny est pourtant l'un des « géants » du genre, au même titre par exemple qu'un Fritz Leiber ou qu'un Michael Moorcock.

Pour se procurer des ouvrages
en anglais, quelques bonnes adresses…

Une librairie parisienne spécialisée dans la littérature anglo-saxonne :

Brentano's, 37 avenue de l'Opéra, 75002 Paris
http://www.brentanos.fr
brentanos@brentanos.fr

Une librairie anglaise spécialisée dans la science-fiction et la fantasy, *publiant un catalogue mensuel :*

Andromeda Bookshop, 2-5 Suffolk Street, Birmingham B1 1LT, Grande-Bretagne.
http://andromedabook.co.uk ;
mailorder@andromedabook.co.uk

Une librairie américaine particulièrement férue de fantasy *(qui fait également de l'édition et reçoit régulièrement en dédicace ses concitoyens Scribblies) — son aide fut utile pour l'écriture du présent guide :*

DreamHaven Books, 1309 Fourth Street S.E., Minneapolis, Minesota 55414, USA.
dreamhvn@visi.com

Index des auteurs et des illustrateurs

*Index des titres**

* Les titres en italique indiquent des romans.
Les titres en italique gras indiquent des cycles ou des séries.
Les titres en caractères romains indiquent des nouvelles.

Remerciements

À Patrick Marcel pour son aide précieuse,

à la Gang pour sa présence stimulante.

DU MÊME AUTEUR

Aux Éditions Gallimard

CARTOGRAPHIE DU MERVEILLEUX (Folio Science-Fiction n° 57)

Aux Éditions Bifrost / Étoiles Vives

DES OMBRES SOUS LA PLUIE
FÉES & GESTES

COLLECTION FOLIO

Dernières parutions

3386. Hector Bianciotti — *Ce que la nuit raconte au jour.*
3387. Chrystine Brouillet — *Les neuf vies d'Edward.*
3388. Louis Calaferte — *Requiem des innocents.*
3389. Jonathan Coe — *La Maison du sommeil.*
3390. Camille Laurens — *Les travaux d'Hercule.*
3391. Naguib Mahfouz — *Akhénaton le renégat.*
3392. Cees Nooteboom — *L'histoire suivante.*
3393. Arto Paasilinna — *La cavale du géomètre.*
3394. Jean-Christophe Rufin — *Sauver Ispahan.*
3395. Marie de France — *Lais.*
3396. Chrétien de Troyes — *Yvain ou le Chevalier au Lion.*
3397. Jules Vallès — *L'Enfant.*
3398. Marivaux — *L'Île des Esclaves.*
3399. R.L. Stevenson — *L'Île au trésor.*
3400. Philippe Carles et Jean-Louis Comolli — *Free jazz, Black power.*
3401. Frédéric Beigbeder — *Nouvelles sous ecstasy.*
3402. Mehdi Charef — *La maison d'Alexina.*
3403. Laurence Cossé — *La femme du premier ministre.*
3404. Jeanne Cressanges — *Le luthier de Mirecourt.*
3405. Pierrette Fleutiaux — *L'expédition.*
3406. Gilles Leroy — *Machines à sous.*
3407. Pierre Magnan — *Un grison d'Arcadie.*
3408. Patrick Modiano — *Des inconnues.*
3409. Cees Nooteboom — *Le chant de l'être et du paraître.*
3410. Cees Nooteboom — *Mokusei !*
3411. Jean-Marie Rouart — *Bernis le cardinal des plaisirs.*
3412. Julie Wolkenstein — *Juliette ou la paresseuse.*
3413. Geoffrey Chaucer — *Les Contes de Canterbury.*
3414. Collectif — *La Querelle des Anciens et des Modernes.*
3415. Marie Nimier — *Sirène.*
3416. Corneille — *L'Illusion Comique.*
3417. Laure Adler — *Marguerite Duras.*

3418. Clélie Aster — *O.D.C.*
3419. Jacques Bellefroid — *Le réel est un crime parfait, Monsieur Black.*
3420. Elvire de Brissac — *Au diable.*
3421. Chantal Delsol — *Quatre.*
3422. Tristan Egolf — *Le seigneur des porcheries.*
3423. Witold Gombrowicz — *Théâtre.*
3424. Roger Grenier — *Les larmes d'Ulysse.*
3425. Pierre Hebey — *Une seule femme.*
3426. Gérard Oberlé — *Nil rouge.*
3427. Kenzaburô Ôé — *Le jeu du siècle.*
3428. Orhan Pamuk — *La vie nouvelle.*
3429. Marc Petit — *Architecte des glaces.*
3430. George Steiner — *Errata.*
3431. Michel Tournier — *Célébrations.*
3432. Abélard et Héloïse — *Correspondances.*
3433. Charles Baudelaire — *Correspondance.*
3434. Daniel Pennac — *Aux fruits de la passion.*
3435. Béroul — *Tristan et Yseut.*
3436. Christian Bobin — *Geai.*
3437. Alphone Boudard — *Chère visiteuse.*
3438. Jerome Charyn — *Mort d'un roi du tango.*
3439. Pietro Citati — *La lumière de la nuit.*
3440. Shûsaku Endô — *Une femme nommée Shizu.*
3441. Frédéric. H. Fajardie — *Quadrige.*
3442. Alain Finkielkraut — *L'ingratitude.* Conversation sur notre temps
3443. Régis Jauffret — *Clémence Picot.*
3444. Pascale Kramer — *Onze ans plus tard.*
3445. Camille Laurens — *L'Avenir.*
3446. Alina Reyes — *Moha m'aime.*
3447. Jacques Tournier — *Des persiennes vert perroquet.*
3448. Anonyme — *Pyrame et Thisbé, Narcisse, Philomena.*
3449. Marcel Aymé — *Enjambées*
3450. Patrick Lapeyre — *Sissy, c'est moi*
3451. Emmanuel Moses — *Papernik*
3452. Jacques Sternberg — *Le cœur froid*
3453. Gérard Corbiau — *Le Roi danse*
3455. Pierre Assouline — *Cartier-Bresson (L'œil du siècle)*

3456. Marie Darrieussecq	*Le mal de mer*
3457. Jean-Paul Enthoven	*Les enfants de Saturne*
3458. Bossuet	*Sermons. Le Carême du Louvre.*
3459. Philippe Labro	*Manuella*
3460. J.M.G. Le Clézio	*Hasard* suivi de *Angoli Mala*
3461. Joëlle Miquel	*Mal-aimés*
3462. Pierre Pelot	*Debout dans le ventre blanc du silence*
3463. J.-B. Pontalis	*L'enfant des limbes*
3464. Jean-Noël Schifano	*La danse des ardents*
3465. Bruno Tessarech	*La machine à écrire*
3466. Sophie de Vilmorin	*Aimer encore*
3467. Hésiode	*Théogonie* et autres poèmes
3468. Jacques Bellefroid	*Les étoiles filantes*
3469. Tonino Benacquista	*Tout à l'ego*
3470. Philippe Delerm	*Mister Mouse*
3471. Gérard Delteil	*Bugs*
3472. Benoît Duteurtre	*Drôle de temps*
3473. Philippe Le Guillou	*Les sept noms du peintre*
3474. Alice Massat	*Le Ministère de l'intérieur*
3475. Jean d'Ormesson	*Le rapport Gabriel*
3476. Postel & Duchâtel	*Pandore et l'ouvre-boîte*
3477. Gilbert Sinoué	*L'enfant de Bruges*
3478. Driss Chraïbi	*Vu, lu, entendu*
3479. Hitonari Tsuji	*Le Bouddha blanc*
3480. Denis Diderot	*Les Deux amis de Bourbonne* (à paraître)
3481. Daniel Boulanger	*Le miroitier*
3482. Nicolas Bréhal	*Le sens de la nuit*
3483. Michel del Castillo	*Colette, une certaine France*
3484. Michèle Desbordes	*La demande*
3485. Joël Egloff	*« Edmond Ganglion & fils »*
3486. Françoise Giroud	*Portraits sans retouches (1945-1955)*
3487. Jean-Marie Laclavetine	*Première ligne*
3488. Patrick O'Brian	*Pablo Ruiz Picasso*
3489. Ludmila Oulitskaïa	*De joyeuses funérailles*
3490. Pierre Pelot	*La piste du Dakota*
3491. Nathalie Rheims	*L'un pour l'autre*
3492 Jean-Christophe Rufin	*Asmara et les causes perdues*

Dans la même collection

1.	Isaac Asimov	*Fondation*
2.	Isaac Asimov	*Fondation et Empire*
3.	Ray Bradbury	*Fahrenheit 451*
4.	H.P. Lovecraft	*La couleur tombée du ciel*
5.	Mary Shelley	*Frankenstein ou Le Prométhée moderne*
6.	Fredric Brown	*Martiens, go home !*
7.	Norman Spinrad	*Le Printemps russe,* 1
8.	Norman Spinrad	*Le Printemps russe,* 2
9.	Dan Simmons	*L'Échiquier du mal,* 1
10.	Dan Simmons	*L'Échiquier du mal,* 2
11.	Stefan Wul	*Oms en série*
12.	Serge Brussolo	*Le syndrome du scaphandrier*
13.	Jean-Pierre Andrevon	*Gandahar*
14.	Orson Scott Card	*Le septième fils*
15.	Orson Scott Card	*Le prophète rouge*
16.	Orson Scott Card	*L'apprenti*
17.	John Varley	*Persistance de la vision*
18.	Robert Silverberg	*Gilgamesh, roi d'Ourouk*
19.	Roger Zelazny	*Les neuf princes d'Ambre*
20.	Roger Zelazny	*Les fusils d'Avalon*
21.	Douglas Adams	*Le Guide galactique*
22.	Richard Matheson	*L'homme qui rétrécit*
23.	Iain Banks	*ENtreFER*
24.	Mike Resnick	*Kirinyaga*
25.	Philip K. Dick	*Substance Mort*
26.	Olivier Sillig	*Bzjeurd*
27.	Jack Finney	*L'invasion des profanateurs*
28.	Michael Moorcock	*Gloriana ou La reine inassouvie*
29.	Michel Grimaud	*Malakansâr*
30.	Francis Valéry	*Passeport pour les étoiles*

31.	Isaac Asimov	*Seconde Fondation*
32.	Philippe Curval	*Congo Pantin*
33.	Mary Gentle	*Les Fils de la Sorcière*
34.	Richard Matheson	*Le jeune homme, la mort et le temps*
35.	Douglas Adams	*Le Dernier Restaurant avant la Fin du Monde*
36.	Joël Houssin	*Le Temps du Twist*
37.	H.P. Lovecraft	*Dans l'abîme du temps*
38.	Roger Zelazny	*Le signe de la licorne*
39.	Philip K. Dick et Roger Zelazny	*Deus irae*
40.	Pierre Stolze	*La Maison Usher ne chutera pas*
41.	Isaac Asimov	*Fondation foudroyée*
42.	Fredric Brown	*Une étoile m'a dit*
43.	Francis Berthelot	*Rivage des intouchables*
44.	Gregory Benford	*Un paysage du temps*
45.	Ray Bradbury	*Chroniques martiennes*
46.	Roger Zelazny	*La main d'Oberon*
47.	Maurice G. Dantec	*Babylon Babies*
48.	René Barjavel	*Le Diable l'emporte*
49.	Bruce Sterling	*Mozart en verres miroirs*
50.	Thomas M. Disch	*Sur les ailes du chant*
51.	Isaac Asimov	*Terre et Fondation*
52.	Douglas Adams	*La Vie, l'Univers et le Reste*
53.	Richard Matheson	*Je suis une légende*
54.	Lucius Shepard	*L'aube écarlate*
55.	Robert Merle	*Un animal doué de raison*
56.	Roger Zelazny	*Les Cours du Chaos*
57.	André-François Ruaud	*Cartographie du merveilleux*
58.	Bruce Sterling	*Gros Temps*
59.	Laurent Kloetzer	*La voie du cygne*
60.	Douglas Adams	*Salut, et encore merci pour le poisson*

À paraître :

61.	Roger Zelazny	Les Atouts de la Vengeance
62.	Douglas Adams	Globalement inoffensive
63.	Robert Silverberg	Les éléphants d'Hannibal
64.	Stefan Wul	Niourk
65.	Roger Zelazny	Le sang d'Ambre
66.	Orson Scott Card	Les Maîtres Chanteurs

Composition Nord Compo.
Impression Société Nouvelle Firmin-Didot
à Mesnil-sur-l'Estrée, le 14 mai 2001.
Dépôt légal : mai 2001.
Numéro d'imprimeur : 55731.

ISBN 2-07-041649-6/Imprimé en France.

97797